シークに愛された一夜

テッサ・ラドリー 作

杉本ユミ 訳

ハーレクイン・ディザイア

東京・ロンドン・トロント・パリ・ニューヨーク・アテネ・アムステルダム
ハンブルク・ストックホルム・ミラノ・シドニー・マドリッド・ワルシャワ
ブダペスト・リオデジャネイロ・ルクセンブルク・フリブール・ムンバイ

SAVED BY THE SHEIKH!

by Tessa Radley

Published by Harlequin K.K., Tokyo, 2011

テッサ・ラドリー

旅と読書を何よりも愛しているという。幼いころからファンタジーやミステリー、ロマンスを読みふけっては空想の旅をしていた。英文学と法律の学位取得後、法律事務所に勤務するも、オーストラリアへの家族旅行をきっかけに執筆活動に転向することを決意。旅がすべてのインスピレーションと語る。

主要登場人物

ティファニー・スミス……………映画監督の娘。
テイラー・スミス………………ティファニーの父。映画監督。
リンダ・スミス…………………ティファニーの母。元女優。
レナーテ…………………………ティファニーが香港で知り合った女性。
ラフィーク・アル・ダーハラ…………王立ダーハラ銀行頭取。王子。
サー・ジュリアン・カーリング………ホテル王。

1

スモークマシンから噴き出す銀色の煙の奥から男が手招きしていた。

目を凝らすと、レナーテが男たちの前で白い大理石のカウンターに身を乗りだしている。ティファニーは少しほっとした。香港《ホンコン》のクラブは予想以上に混んでいた。けたたましい音楽に閃光《せんこう》。昨日パスポートはおろかクレジットカード、トラベラーズチェック、現金、すべて入ったバッグをひったくられたときの落ち込みがよみがえっていたのだ。

ティファニーはカクテルのメニューを二枚手に取り、靄《もや》の中、三人に歩み寄った。年配の男性の顔にはどことなく見覚えがあった。若いほうの男性は値踏みするような、いや蔑視《べっし》と言えるような冷たい視線を向けている。ティファニーは彼に意識を集中させた。黒っぽいフォーマルスーツに高慢な態度。さらには顔立ちに傲慢《ごうまん》さを加える高い頬骨と鋭い鼻。顎を上げて正面から彼の視線を受け止める。

「ラフィークの注文はわからないけど、サー・ジュリアンはジントニックね」レナーテは少なく見積もっても彼女より五センチは低い、年配の男性ににっこりとほほ笑んだ。「それとわたしにはシャンパンカクテル――ホットセックスバージョンで」

サー・ジュリアン。そうだわ！　サー・ジュリアン・カーリング。カーリングホテルチェーンのオーナー。なるほど、こういう人が〈ルクラブ〉の常連客ならチップはいいはずね。

「大胆ね」おまけに値段も高い。ティファニーはとびきりの甘い笑みで男たちにメニューを手渡した。

昨日警察署と大使館をまわってユースホステルに

チェックインしたところで、レナーテと出会ったのはまさに幸運だった。手元に残った二十香港ドルもその夜の宿泊費で消えたのだ。

レナーテはそんなティファニーに、自分の朝食のシリアルを分けてくれたばかりか、ホステスのドリンク代で当座の資金を稼げばいいと、今夜この〈ルクラブ〉に連れてきてくれた。

〝ジャンパンカクテル〟を教えてくれたのもレナーテだ。ホステス用の安いレモネード。ホステスたちは金持ちの客に、〈ルクラブ〉名物のセクシーすぎる名がついたばか高いカクテルを自分用に注文させ、法外な料金をふっかける。ティファニーは良心の呵《か》責《しゃく》を胸の奥に押し込んだ。レナーテには恩がある。それにサー・ジュリアン側もレナーテの偽物カクテル代を払わされるのに何の異議もなさそうだ。

わたしには関係ない。わたしは黙って言われたとおりにするだけ。チップを稼ぐためにここに来たんだから。そのためなら、顔が痛くなるまでほほ笑んでみせる。ティファニーは若いほうの男に目をやり、笑みを輝かせようとしたところで、その表情に怯《ひる》んだ。瞼《まぶた》を半ば閉じ、いっさいの感情を包み隠している。喧噪《けんそう》の中で、自分の周囲にだけバリアを張り巡らせているようだ。立ち入り禁止エリアとして。

ティファニーはそんな非現実的な考えを振り払い、笑みを奮い起こした。「何をお持ちします？」

「わたしはいつものジントニック」サー・ジュリアンが笑顔でカクテルメニューを戻した。

「コカコーラだ。冷えたのを頼む。溶けていないのがあれば氷も」レナーテがラフィークと呼んだ男が口角を上げた。きつい顔立ちがやわらいで、息をのむほど圧倒的な魅力が加わる。

すてき。

「す、すぐにお持ちします」ティファニーは口ごもりながら言った。

「奥のブースにいるわ」レナーテが声をかけた。

数分後、彼らの居場所はすぐにわかった。ティファニーはレナーテとサー・ジュリアンにそれぞれの飲み物を渡してから、向かいの席の男を振り返った。ラフィーク、レナーテはそう呼んでいた。似合いの名だ。外国風で。エキゾティックで。男らしい。ティファニーは無言でコーラを差しだした。リクエストされた氷が、グラスでからんと音を立てる。

「ありがとう」彼が首を傾けた。

思わずひざまずいてしまいそう。

レナーテが身を乗りだして、その思考を打ち破った。「お願い」

ティファニーは携帯電話を受け取ると、戸惑いの目を返した。レナーテの写真を撮る仕草で、ようやく意図をのみこむ。ティファニーは電話の設定を確認した。これなら簡単そう。目を上げると、すでにレナーテはサー・ジュリアンにしなだれかかっていた。ティファニーは携帯電話を持ち上げて、二度、シャッターを押した。

フラッシュにはっとしたように、サー・ジュリアンが顔の前で両手を振った。「写真はだめだ」

「すみません」顔を赤らめて携帯電話を操作する。

「削除したか?」ラフィークの声は険しかった。

「え、ええ」ティファニーは慌ててウエストの太い革ベルトに携帯電話を押し込んだ。

「いい娘《こ》だ」サー・ジュリアンの笑みを見て、ティファニーは小さく息をついた。よかった、給金を受け取る前にくびになることはなさそう。

「座って、ティフ。ラフィークの隣に」

若いほうの男は向かいに一人で、明らかに一線を画して座っていた。顔に表れる残忍なまでの憐《あわ》れみ。それさえなければ、長身で色の浅黒いハンサムな男性という印象を持てただろう。

「でも……ほかにもカクテルの注文が」

「座るのよ」今度は有無を言わせぬ口調だった。

ティファニーは救いを求めるようにざっと周囲を見まわした。先ほどレナーテが紹介してくれたホステスたち数人が、それぞれ偽物のシャンパンカクテルを飲みながら客と話している。自分を必要としていそうな人は見あたらない。

ティファニーは観念してラフィークの隣のビロード地のソファーの椅子の隅に腰を下ろし、彼がこんなに不機嫌そうなのはブースの奥が薄暗いからに違いないと自分に言い聞かせた。でなければここまで蔑《さげす》んだ目を向けられる理由がない。

「もっと照明が明るければいいのに」思わずぼそりと口にした。

ラフィークが片方の眉を上げた。「明るく？　そんなことをしたら目的が台無しだろう」

ティファニーは眉を寄せて、戸惑いの目を向けた。「目的？」

「会話よ、会話」陽気で軽いレナーテの笑い声が響いた。「明るい場所だと誰も話さないでしょ」

「話すには音楽がうるさすぎる気がするけど」ティファニーは黙り込んだ。

ラフィークが見ている。ティファニーはその強い視線にさらされ、もじもじと身動きした。「それじゃあわたしも何か飲み物を」

「シャンパンカクテルにしたら？　おいしいわよ」レナーテが自分のグラスを持ち上げて、飲み干した。

「わたしにもお代わりをお願い――それとサー・ジュリアンに新しいジントニックを」

ラフィークの口の端がくいと持ち上がり、うんざりと小ばかにしたような表情が浮かんだ。

彼はわかっている。それが何なのかは不明だけれど。ホステスの飲み物が偽物だということか。その代金すべてが客に加算されるということか。けれども彼の浅黒い顔に浮かぶ何かが、慎重に振る舞えと警告していた。

ティファニーはすべてを見抜くようなその目から逃れるように、少しずつブースの端へと移動した。

十分後、ようやく気力を取り戻して飲み物のトレイを持って戻った。

「いつまで待たせる気？」レナーテがサー・ジュリアンにすり寄ったまま目を上げた。「ジュールの喉がからからじゃない」

ジュール？

ティファニーは目をしばたたいた。いつの間にサー・ジュリアンがジュールに？　しかもレナーテったら、子猫みたいにしなだれかかっている。ティファニーはラフィークの隣に滑り込み、彼が張り巡らせる氷の壁に感謝した。この人は誰も寄せ付けない。

「それはシャンパンカクテルじゃないね？」ラフィークが言った。

ティファニーはぎくりと横目で見た。客に過剰な料金をふっかける、ここのやり方を知っているの？

「水です」

例の感情豊かな眉がまたも持ち上がった。「ペリエの瓶はどこに？」

「いえ、水道水」よくよく考えてみると、瓶入りの水にしたほうが賢明だったかもしれない。「喉がからからで」

「だから水道水？」

疑っている？　ティファニーはこの男の鋭さを確信し、ごくりと唾《つば》をのんだ。

「なぜシャンパンにしない？」

悪徳商法だからと白状するわけにもいかず、ティファニーは曖昧《あいまい》に答えた。「好きじゃなくて」

「シャンパンが？」ラフィークが疑わしげに言った。

「飲み慣れていないから」

実のところは、両親がホームパーティで振る舞っていて、飲み飽きているほどだった。パーティのあとは決まって、飲み物ではなく緊張から頭痛に襲われたものだけれど。

突如わけのわからない寂しさが押し寄せる。

そんなパーティももう過去のこと……

昨日母と話したあと、煮えたぎる思いを堪《こら》えて父に電話をかけた。送金を頼むためと、ひと言言わずには気が済まなくて。

今度ばかりはさすがに母は傷ついていた。父はこれまでも散々好き勝手をしてきた。けれどイモジェンと一緒に消えたとなると、ただの浮気では済まされない。イモジェンはテイラー・スミスの映画に出演するのが狙《ねら》いで近づいた新進女優とはわけが違う。長年マネージャーを務めてきた女性なのだ。

ティファニーはイモジェンが好きだった。信頼していた。そのイモジェンと駆け落ちするなんて。すでに堕《お》ちていた父の評価がさらに一段下落した。

けれどテイラー・スミスは捕まらなかった。誰に聞いても父の――そしてイモジェンの――居所はわからなかった。どのみちどこかのリゾート地に隠れて、偽りのハネムーンを楽しんでいるのだろう。ティファニーは父に連絡を取るのを諦《あきら》めた。

「他に好きじゃないものは?」そんな暗い思考に、ラフィークの声が割り込んだ。初めて彼が愛想らしきものを見せていた――関心さえも。

どんな女性も自分になびくとうぬぼれている傲慢男。そう答えたら、なんて言うかしら?

ダイアモンドカッターのようなまなざしが、無謀な真似《まね》はするなと警告していた。ティファニーは思いとは裏腹に作り笑いで答えた。「いいえ、特には」

「だろうね」彼が口を真一文字に結んだ。その場に居ながら別世界に引き込んだ印象をかもし出す。

わたし、何か気を悪くさせることを言った? ティファニーは水を飲みながら、自分が口にした言葉を考えた。いいえ、特には。ひょっとして声が尖《とが》って聞こえたのはただの気のせい？

向かいで、レナーテがサー・ジュリアンの耳元に何かささやき、彼が笑って彼女を膝に抱き上げた。目のやり場に困り、頬が赤らむのを感じて、ティファニーは横目でラフィークを見た。彼もまた、険しい顔で向かいの愚かな振る舞いを見つめている。レナーテったら、いったいどういうつもり？

混雑する店内の熱気に、レナーテがサー・ジュリアンの膝の上で身をくねらす光景が加わり、ここがひどく不快で……不潔なところに感じられる。

ティファニーは残りの水を飲み干した。「わたし、ちょっと化粧室に」絶望的な気分だった。

トイレに逃げ込み、ティファニーは蛇口をひねった。両手を上向けて冷たい水をため、身を屈《かが》めて顔に浴びせる。背後でドアが開く音がした。

「だめ」レナーテがティファニーの手をつかんだ。「メイクが台無しよ」

「暑いんだもの」それにとんでもないところに足を踏み込んだ気がするの。

「メイクを直さなきゃ」レナーテの声が尖る。

ティファニーは彼女の手を振り払った。これ以上ファンデーションを塗りたくるのはごめんよ。「暑かっただけ。お化粧はいいわ。デート相手を探しているわけじゃないんだから」

「でも現金は必要でしょ」レナーテはすでに化粧台にポーチを開いていた。「ジュール曰《いわ》く、ラフィークは仕事上の知り合いだそうよ――ジュールと付き合いがあるってことは、彼の財布も分厚いはず」

「財布が分厚い？　盗めって言っているの？」

ティファニーは耳を疑った。新しい友人を振り返る。彼女、頭がどうかしているの？「そんなこと、できない」

レナーテが呆《あき》れ顔《がお》で目をぐるりとまわした。「よしてよ。あたしが彼らをかもるわけないでしょ。あなただって、窃盗罪で捕まりたくないでしょうに。何てったって、ここではね」

「ここでなくても、どこでもよ」ティファニーは必死の口調で言った。香港の刑務所だなんて、考えるだけでぞっとする。「警察署は昨日だけでたくさん」

昨日今日で、役人仕事には懲り懲りだった。バッグの紛失を警察に届け、大使館で何時間もの順番待ち。臨時のパスポートとこの週末分の滞在費を確保するために。けれど父親の名を告げると、その時点で大使館から援助を受ける希望は潰《つい》えた。父親は居場所すらわからないというのに。

月曜には新しいクレジットカードが母国の銀行から届く。臨時の旅券も整う。今度ばかりはさすがに、父の反対を押し切って友人とのこの旅行を決めたとき、父に凍結された口座にアクセスしたいと思った。エキサイティングな冒険がいつしか悪夢に変わり、想像した以上の犠牲を強いてくる。

でも母国までの飛行機代は月曜の問題。今はそれまでの二日をどう切り抜けるか。

レナーテには感謝しないと。ブースでのセクシーアクロバットはともかく、今夜こうして現金を稼ぐチャンスを与えてくれたのだから。彼女には恩がある。「レナーテ、サー・ジュリアンとあんなことをして、本当にいいの？　年齢だって、父親でもおかしくないくらいなのに」

「でも金持ちよ」

レナーテはバッグをいじっていて、その表情は読めなかった。

「それが目的？　お金持ちってことが？　彼があなたと結婚すると思う？」不安が口をつく。「レナーテ、彼、ひょっとしたらもう結婚しているかも」

レナーテが口紅のチューブを取り出し、艶《つや》やかな濃い紫色を塗ってから一歩下がり、自分の白い肌と脱色したブロンドの髪にどれだけ映えるかを確認した。「そんなの、当たり前じゃない」

「結婚しているの？」レナーテの無頓着《むとんちゃく》さに驚いて、ティファニーは目を見張った。「だったら、付き合っても時間の無駄じゃない？」

「彼、億万長者よ。ううん、それ以上。店に入ってきた瞬間に気づいたわ。前にも来ていたんだけど、そのときは——」横目でちらりとティファニーの顔をうかがう。「知り合うチャンスがなくて。さっそく、今週後半に競馬に連れていってもらう約束を取り付けちゃった」

ティファニーの脳裏を、昨日父がイモジェンと消えたと告げたときの、母の痛々しい声がよぎった。

「でも彼の奥さんは？　彼女はどう思うかしら？」

レナーテは軽い調子で肩をすくめた。「カントリークラブの付き合いに忙しくて、気づかないんじゃない？　テニスに、シャンパンブレックファーストに、慈善パーティ。気にするものですか」

いいえ、気にするわ。ティファニーは無言でレナーテを睨《にら》みつけた。

「前にここで彼と会った娘は、プーケット旅行とクローゼットいっぱいのブランドドレスをもらったそうよ」レナーテが鏡に映るティファニーの愕然《がくぜん》とした目に気づいた。「そんな目をしないの。ラフィークもきっと億万長者よ。付き合う価値はあるかも」

付き合う？　ティファニーの瞼にラフィークの人を見下すような表情が浮かんだ。好きなタイプじゃない。冷たすぎる。傲慢すぎる。しかも自分第一の人だ。億万長者なんていらない。砂漠のどこかに奥さんをしまいこんでいるような人はなおさら。

わたしが求めているのはごく普通の人。平凡な人。うわべを取り繕う必要もなく、一緒にいて自分らしくいられる相手。ただのティファニーとして。芝居や演技とは関係なく、愛してくれる人。本物の……機能不全ではない家族を持てる人。

「お金がいるんでしょ」レナーテが液体せっけんのディスペンザーに向かい際、ちらりと目を向けた。「だったら、ラフィークともう少し親しくなれば？」

もう少し親しくなる？　レナーテったら本気で言っている？　まさか。

「これ」何かしら手に押しつけられた。

目をやり——周囲の暑さにかかわらず、寒気が走る。「どうしてコンドーム？」

尋ねるまでもなかった。レナーテが短いブロンドヘアを反らして笑い声をあげた。「ティファニーったら。とぼけたってだめよ。ほら、自分を見てごらんなさい。この大きくて柔らかな瞳、ピーチ色の肌、すらりとした脚。あなた、すっごくゴージャス。ラフィークだって気があるに決まってるわ」

「でもわたしは——」

レナーテが両手を握り、そのまま顔を近づけてきた。「ねえ聞いて。もっとも手っ取り早く現金を稼ぐ方法はラフィークの望みを叶《かな》えてあげること。そうすればそれだけの見返りを手にできる。彼は男よ——しかもオーダーメイドのスーツからすると、かなりのお金持ち。そして今夜この〈ルクラブ〉に来た。彼だって世間知らずの坊やじゃない」

背中を恐怖が駆け抜けた。「何の話？」

「男はみんな、夜の相手を探しに〈ルクラブ〉に来るのよ。朝まですごす相手をね」

「そんな」ティファニーはレナーテの手を振り払い、両手で顔を覆った。もっと早く気づいてもよさそうなものだった。親切ぶったレナーテの態度の奥に隠されていたことに。〝わたしのミニドレスを貸してあげる。せっかくの脚を活《い》かさなきゃ。あなたの口元って、すごくセクシーよ。赤い口紅ならもっと映えそう。やっぱりすてきだわ、ティフ——もっと濃く塗ったら?〟ああ、どうして気づかなかったの?ばか!

それを友情だと思って、感謝していたなんて。

ティファニーは顔から両手を離した。

レナーテの表情がわずかにやわらいだ。「ティフ、そりゃあ最初は最悪よ。でも次は楽になるから」

「次?」ティファニーはおぞましさにぞっとした。そしてきっぱり目が覚めた。レナーテは親切な友人なんかじゃない。悪い道に誘い込んだのだ。わざと。裏切られたという思いが全身に広がった。

「次なんてないわ」こんな場所に二度と足を踏み入れるつもりはない。

レナーテが化粧台からティファニーの小さなビーズバッグを取ると、コンドームを滑り込ませた。

「そんなの、わからないじゃない」

ティファニーは奪い取るようにバッグをつかむと、ストラップを手首にかけた。「わたし、帰る」

「最初のシフトは十時までよ」レナーテが指摘した。「その前に店を出たら時給もなし」

ティファニーは腕時計に目をやった。九時三十分。あと三十分は残らないと。ユースホステルの宿泊代のためにも。でも次のシフトまではとうてい耐えられない。ティファニーはレナーテの目を正面からとらえた。「わかったわ、残る」

「さっきのこと、考えてみて。二度目からは大したことないから――わたしが保証する」一瞬、レナーテの瞳にどこか弱さに似たものが光った。「みんな、同じよ――若い女が外国を旅行するのはお金がかかるの」レナーテは片側だけ、肩をすくめた。「ラフィークはハンサムだわ。悪くないわよ。金欠で必死になってむしろラッキーだったくらいじゃない?」

背筋に悪寒が走った。だからラフィークは軽蔑の目を向けたのだ。わかっていたから――

ドアノブを握る手が凍りついた。

大丈夫。彼にその気はない……そうよ、彼は関心も示さなかった。わたしはただ飲み物を運んだだけ——何の気配も感じなかった。「でもラフィークにわたしと寝る気なんてないから」

「あるに決まっているでしょ」レナーテが優越感たっぷりの目を向けた。「寝るのとあれは関係ないけど——まあ、たっぷりはずんでくれるはずよ」

悪寒が全身に広がり、いまや体が氷の塊と化していた。ドアノブに張りついた手をどうにか引きはがす。「だったら、飢え死にしたほうがまし!」

「飢え死になんてしなくていいのよ、彼の望みさえ叶《かな》えれば」

「それはしない!」ティファニーは意志を強くして、拳《こぶし》を握りしめた。「でも飢え死にもしない」レナーテを信じたのがばかだった。でも今の自分にできる最善を尽くさないと。「今夜はただのウエイトレスよ。彼からはその分のチップをもらうだけ」

そのチップが明日の食費代。十時にシフトを終えるときには、チップもたんまり貯《た》まっているだろう。

ラフィークがジュリアン・カーリングの大きすぎる声を避けて目を向けていた右手のアーチ形通路から、ティファニーとレナーテが再度姿を現した。

ティファニーのようなタイプが、こんな店にいるとは思わなかった。顔立ちが、真っ赤な口紅と黒いミニドレスに不釣り合いなほど、初々しい。そこでラフィークは鼻を鳴らした。いや、あくまでそう見せかけているだけだろう。

それでもブースに近づいた彼女から、何かしら緊張感が伝わってきた。

彼女が氷の入った背の高いコーラのグラスを渡し、不安げなまなざしを向けた。

「ありがとう」ラフィークの体に緊張が走った。女性のこんな表情には慣れていなかった。いつもは賞賛というか、ラフィークが自由にできる資産へのあこがれが浮かんでいる。それと欲望も。

だが今ティファニーが浮かべているような表情はあまり目にしたことがない。

瞳孔《どうこう》が開き、両目はまるでただの穴のようだ。肌も蓮《はす》の花のような輝きをすっかり失っている。

不安。そんなところか。怯《おび》えもある。まるで誰かから、僕が人身売買——いや、それ以上の悪事に手を染めていると聞かされでもしたように。

ラフィークは細めた目をレナーテに向けた。この女がティファニーに、何かを吹き込んだのか？

この似非《えせ》ブロンドは、サー・ジュリアンを香港の大物セレブと瞬時に判別した。だが幸いにもラフィークには気づかないでいてくれた。王族にはホテル経営者ほどの知名度はないということだろう。ラフィーク自身、〈ルクラブ〉がどういう店か気づいた時点で、切り上げる気になっていた。母国ダーハラでのホテル建設に基本合意したことを祝い、一杯だけ祝杯に付き合って退散するつもりだったのだ。

そんなときだ、ティファニーが偽物のシャンパンカクテルではなく水を選んだのは。そして彼女がどんなゲームを仕掛けているのか確かめたくなった。

ラフィークはティファニーに視線を戻した。身を硬直させている。さっきまでの、この安っぽい男と女の営み用に設けられたブースで明るい照明を求めた女性と同じなのは顎の傾きかげんだけだ。

ラフィークは、彼女が何に動揺しているのかを突き止めてみたくなった。わずかに奥に詰めて彼女が座るスペースを空け、隣を叩《たた》いてみる。彼女はその空間には目もくれず、まるで鷹《たか》にでくわしたうさぎのような目をじっとラフィークに向けてきた。

眉間《みけん》の皺《しわ》が深まる。

ティファニーが見るからに落ち着きを失い、ごくりと唾をのんだ。

「座りなさい」ラフィークはうなった。「世間がどう言おうと、僕は嚙《か》みついたりしない」

ティファニーがふっと視線をそらした——顔から血の気が引く。何がそれほどの反応を引き起こしたのかと、ラフィークも同じ方向に顔を向けた。

レナーテがジュリアンのふくよかな唇に指をはわせ、彼がその親指の腹に好色そうに歯を立てていた。こちらの視線にかまうことなく、ジュリアンがその指を口に含み、思わせぶりに吸ってみせる。

ラフィークは唇を引きしめた。サー・ジュリアンから自宅に夕食に招かれたのはつい昨日のことだ。ホテル王は三十年来の愛妻だと誇らしげに妻を紹介した。二人には、ラフィークとの仲を取り持とうとジュリアンが画策している一人娘もいる。

「親指を食べる習慣もない」ラフィークはティファニーにつぶやいた。意外にも、彼女の目に安堵《あんど》が宿った。親指を吸うなど、〈ルクラブ〉のような店ではよくあることではないのか？

ラフィークはそのとき初めて、彼女の瞳が金色がかった茶色だと気づいた。

ラフィークはふいに尋ねた。「なぜここでこんな仕事をしている？」

「今夜が初めてなんです。レナーテに誘われて——現金を稼ぐのにちょうどいいからと」

その告白には内心引いた。最初から体を売るつもりで来たってことか？「そんなに金が必要なのか？」返事に窮する彼女を見たとき、熱砂が指の間からこぼれるように絶望感が全身をすり抜け、空しさだけが残った。「こんなところにいてはいけない」

ティファニーの頬が染まった。顔を伏せ、白いテーブルクロスの模様を人差し指でなぞりはじめる。

ラフィークが目を別の方向に向けた。

向かいで、ジュリアンの手がレナーテのドレスの胸元に滑り込んでいた。男の指が胸のふくらみをまさぐるようすが、青い生地の隆起から見てとれる。レナーテがくすくすと忍び笑いをもらしていた。

こんなことをティファニーも？

「平気なのか？」ラフィークは尋ねた。

返事はなかった。

彼女の目は向かいの二人に釘付《くぎづ》けになっていた。くっきりと嫌悪感を浮かべて。

「金のために体を男に触らせても」声が意図した以上に尖った。「他人が大勢いる前で」

「わたし、もう一度化粧室に」

彼女は今にも店から逃げ出す勢いで、ブースを飛びだした。なるほど。脅しが効いたようだ。今夜が初日だと言っていた。さっきの話で彼女も考え直すかもしれない。いや、今ならこんな破滅的で無茶な行為からきっぱり引き離せるかもしれない。

ラフィークは不快感に口を引きつらせ、百ドル札をテーブルに置いてティファニーのあとを追った。

2

化粧室から出ると、そこにラフィークがいた。黒っぽいスーツを着た、引きしまったしなやかな体で壁に寄りかかって。彼は背を起こすと、豹《ひょう》のような滑らかな動きで近づいてきた。

狙《ねら》う獲物はわたしではありませんように。ティファニーは強烈に願った。この人には必要以上に関《かか》わってはいけないものを感じる。

「タクシーを呼ぼう」

「今？」パニックに襲われた。「わたしはまだ帰れません。シフトが終わっていなくて」

「ここの責任者には、君は僕と帰ると言おう。誰も文句は言わないだろう」

ティファニーはあらためて彼を眺めた。鋭い目元、鷹《たか》のような顔立ち、引きしまった筋肉質な体。威圧感。ええ、そうね。きっと誰も逆らわない。

わたし以外は。「わたしはあなたと一緒にはどこにも行きません」

その底知れぬ瞳の奥で何かが燃え上がった。「君をどこかに連れていこうというんじゃない……ただタクシーを呼ぶだけだ」

「そんなお金はありません」はっきりと言い放つ。

「君のタクシー代ぐらい、僕が払う」

それも拒絶しかけたところで、ふとためらった。それくらい払ってもらってもいいかも。彼からはまだチップももらっていない。レナーテとのあの会話からすると、この店でチップをもらうには単なるお酒の相手以上のサービスが必要そうだ。レナーテはおそらく今夜サー・ジュリアンとベッドを共にするのだろう。何のため？　明日の競馬と……札束？

わたしにはできない。自尊心が許さない。

でも正直今は、自尊心ばかりを気にする余裕もない。手に入るお金は、たとえ一セントでも手に入れたい。月曜までの食事と寝床のために。ラフィークからタクシー代を受け取ったら、彼が準備している間にこっそり裏口から抜け出して歩いて宿に戻ろう。別に悪いことをするわけじゃない。正当に受け取る権利のあるチップ分をもらうだけ。

「ありがとう」言葉で喉が詰まりそうだった。

彼が突然――思いがけず近づいてきた。近づきすぎ。ティファニーはじりじりと後ずさり、やっぱりお金はいらないと言いそうになるのを堪《こら》えた。現実を考えるのよ。タクシー代に今夜のわずかな時給、それと残り十分足らずで集められるチップを加えれば、週末の宿泊代と食費がまかなえる。

安堵《あんど》が押し寄せた。

それで問題はすべて解決。

とりあえず月曜まで……。

「感謝します」ティファニーは落ち着いた口調で言った。足を止め、彼が財布を開くのを待つ。

「さあ行こう」

彼の手がウエストにかかった瞬間、びりびりと電流が走った。この熱さは彼に触れられているからじゃない。店内の蒸し暑さのせい。ティファニーは混乱する思考を収めようと、自分に言い聞かせた。

わたしのお金。

「待って――」

言い終わる前に、彼に背中を押されるまま華麗なガラス張りのロビーを抜け、うだるような夜気の中に出ていた。タクシーは当然止まっている。ラフィークのような男たちのために、常に。

「待ってったら――」

ラフィークはさっさとドアを開けて、ティファニーを押し込んだ。閉鎖的な空間に入ると、彼がますます抗《あらが》いがたい存在に見えてくる。

「行き先は？」彼が尋ねた。

どうやら最初から現金を手渡すつもりはなかったらしい。しかも正当な労働の対価を手にする機会すら奪った。

「お給料もまだなのに」ティファニーはつぶやいた。

そのとき驚いたことに、彼が隣に乗り込んできた。

「あなた、一緒に来ないと言ったじゃない」

「気が変わった」

その笑みも、夜の闇《やみ》のような瞳には届かなかった。

ラフィークがドアを閉め、室内灯が消えた。突然の闇に安堵すべきなのか、不安に思うべきなのか、ティファニーにもわからなかった。とりあえず彼を避けるように座席の隅ににじり寄り、その圧倒的な存在感を無視して、騙《だま》されて手に入れ損ねたものに気持ちを集中させた。食べ物。宿。生き抜くこと。

月曜までなら食事をとらなくても大丈夫。死んだりはしないだろう。今度大使館に行ったら、プライドを捨てて何か食べさせてほしいと頼もう。とはいえ、それまで雨風をしのぐ屋根をどうするか。

「もうお給料は回収できない」シフトを途中で抜け出したのだ。「こうなったら明日また雇ってもらえるかどうか」店を出るときは、誰と一緒に出るかも経営者に報告するようにときつく言い渡されていた。もっともそのときは、それもホステスの身の安全のためだと思っていたのだけれど。

「君ももうあそこで働きたくないだろう。別の仕事を探すんだな」ラフィークがタクシーの運転手に何かしらつぶやき、車は走り出した。

香港《ホンコン》の労働ビザはなく、〈ルクラブ〉にはひと晩限りのウエイトレスとして顔を出しただけだ。ティファニーは胃が痛くなるのを感じた。「今夜あの店で働いた給料が必要だったのに」

「どのみちすずめの涙だ」彼が吐き捨てた。

怒りで体が引き裂かれる気がした。「あなたにはすずめの涙でも、わたしにはそうじゃないの。あのお金のために働いたんですもの」

「なぜそんなに金がいる？　オーシャンターミナルのブティックに通いつめて、カードの限度額をオーバーでもしたか？」

その暢気《のんき》で皮肉な口調に思わず平手打ちを食らわしたくなった。それでもティファニーは知らん顔を決めこみ、後部座席の隅に身を寄せた。傲慢《ごうまん》すぎる。何でも自分が正しいと思い込んでいる。わたしを脳天気な買い物中毒と決めつけて。どこで働くか、いつ引き上げるかも勝手に決めて。

こんな暴君と結婚する愚かな女性がいるかしら。ひょっとしてもう結婚している？　そう思ったとたん、ショックを感じた。

どうしてそんなことが気になるの？

気づくと、険しい黒い瞳に見つめられていた。

「僕は待っている」

ティファニーは必死で自分を取り戻そうともがいた。「何を？」

「金が必要な理由を君が答えるのを」

身がすくんだ。「きっとばかみたいに聞こえるわ」

彼が片方の眉を跳ね上げた。「〈ルクラブ〉で働く以上にばかなことがあるかな？」

言われてみれば、そのとおり。ティファニーは一つ深呼吸をしてから、しぶしぶ告げた。「昨日の朝、引ったくりに遭ったの。パスポートもクレジットカードも現金も、全部盗まれた」

惨めだった。カード一枚と旅行保険証のコピーはほかの荷物と別に保管するようにと、何度言われたことか。そうしておけばよかった。そうしたらここまでひどい思いをせずにすんだのに。〝だからおまえには無理だと言ったんだ〟といった反応を気にすることなく、父の居所を探すこともできた。

「手元に残ったのは、ポケットに入っていた二十香港ドルだけ。それも昨夜《ゆうべ》の宿泊費で消えたわ」

「やけに都合のいい話だ」

からかうような口調からすると、ミスター傲慢のお利口さんは嘘《うそ》だと思っているらしい。

「信じていないのね」

ラフィークが肩をすくめた。「オリジナリティに欠けるからね。病気の祖父か白血病の兄のためというほうがまだおもしろい」

わたしが同情を煽《あお》っているとでも？　ティファニーは信じられない思いで彼を凝視した。「信じられない。何てひねくれた見方しかできないの。そんなふうにはなりたくないものだわ」

通りすぎる車のライトが、彼の瞳に炎を照らしだす。だが再び闇に包まれると共に、その炎も消えた。

「君のおめでたさが、本気じゃないことを祈るよ」

「わたしはおめでたくなんてないわ」彼の言葉がぐ

さりと胸に刺さった。父そっくりの言い方だ。

「それなら、もっとましな話を作るんだね」

「だから真実なの。誰が好きこのんで自分をそんな間抜けに見せかけるものですか」

「身動きの取れなくなった救いようのない旅行者なら、やるかもしれない」

ティファニーは闇に乗じて彼を睨《にら》みつけた。

彼の声が低くきしんだ。「僕もばかかな。おかしいと思いつつも、君の話を信じる気になっている」

「それは、ありがとう」口調に怒りがにじむ。

思いがけず彼が声をたてて笑った。「どういたしまして」

温かく楽しげな響きだった。タクシーが交差点で止まり、ハンサムな顔が明かりに浮かび上がる。突如表れた温かな魅力にティファニーは息をのみ、体の奥深くにじんわりと熱いものが広がるのを感じた。頬が緩み、一緒にこの苦境を笑い飛ばしてもいいような気になる。

けれども次の瞬間、はっと我に返った。

「笑い事じゃないわ」少なからず反骨心を見せる。

ラフィークが隣で身を乗りだした。「そうだろうね——君の話が本当なら」

ラフィークは反対側のドアにすり寄る女性に憂鬱《ゆううつ》な目を向けた。これ以上離れようとすれば、車から落ちそうだ。彼女は本当のことを言っているのか？ それとも手の込んだ芝居か？

信号が変わり、車が交差点を離れた。「誰か金を貸してくれる相手はいないのか？」

ティファニーは夜の街に顔を向けた。「いない」ラフィークは眉をひそめ、かろうじて見える彼女の黒い後頭部と、通りすぎるネオンに照らされて数秒ごとに浮き上がる青白い頬の丸みを見つめた。

「友達のレナーテは？」

ティファニーが引きつった笑い声をあげた。「友達といっても、今日知り合ったばかりよ。たまたま泊まったホステルに彼女も泊まっていて」

なるほど。ラフィークにもようやく事情がのみこめてきた。「ほかには?」

ティファニーは首を横に振った。「お金のことを頼める人は誰も」

ラフィークは待った。心臓の鼓動が一つ。二つ。三つ。だが予期した言い訳は続かなかった。

「一人旅か」問いかけではなかった。だとすれば説明がつく。信じる気持ちが分ごとに強まっていた。

ティファニーがびくりとした。ちらりと落ち着かない視線を向けてから、再び窓外に目を戻す。

自らそうだと打ち明けるほど愚かではないということか。いやひょっとして今の仕草も、さらに同情をかき立てるための計算かもしれない。

騙されているのか? ラフィークは確信が持てなかった。意表をつかれる状況には慣れていない。とりわけ女性には。若く魅力的な女性には。

感受性の強い若者とはもうほど遠い。

これまで三度恋をした。三度プロポーズ寸前までいった。そのたび父の怒りに触れながら、結局別れた。いざとなると、それまでの欲望もきらめきも、一族の期待という重みに押しつぶされる気がした。

夢と希望にあふれていたはずのものが、父が婚姻継承財産設定の話を始めたとたん、勢いをなくすのはなぜなのか。

「それで、いくら必要だ?」かろうじて目に入る、銀色の頬に向かってラフィークは問いかけた。

これで騙されているかどうかがはっきりする。

もし銀行の手続きが終わるまでの必要な品と宿代の控えめな金額が返ってきたら、彼女の話はさらに信憑性《しんぴょうせい》を増す。

「月曜までのベッドと食事代があれば」

ラフィークは自分でも詰めていたと気づかなかった息を吐いた。

王立ダーハラ銀行の頭取であり、詐欺の手口はよく知っている。心優しい老人の懐を狙うきわめて単純な手口から、複雑なインターネット詐欺に至るまで。ティファニーにとっては二度と会うことのない相手だ。それなりの額を奪うつもりなら、今が唯一のチャンスということになる。しかし彼女はその機会を捉《とら》えなかった。本当に困っているということだろう。ほしいのは——それですらまだ直接は頼んでいないが——窮地を乗り切るだけの少額の金。

これは詐欺ではない。

彼女の切迫した不安げな声が頭の中でこだまする。僕にも妹のような存在の従妹《いとこ》がいる。ザラが彼女と同じように、誰も救いの手を差し伸べてくれない状況に追いやられたらと思うとぞっとする。ティファニーが不自由ないようにしてやろう。「ほかにもあるだろう」

「でもそれは……」声がしぼんだ。

緊張で全身が引きつった。直感が外れたか？

「それは……何だ？」ラフィークは促した。

ティファニーが顔を背けた。暗がりの中、彼女の白い指がひらひらとしたミニドレスの裾《すそ》を弄《もてあそ》んでいるのがわかる。「わたしのクレジットカードに、飛行機代を支払うだけの限度額があるかどうかわからなくて」

「いくらだ？」

そうきたか。ラフィークはその指から視線を引き離した。大金を提示するつもりだろう。僕には微々たるものだとしても。顔も見えず、目を読むことも叶《かな》わず、彼女がまともな人間であればという希望は薄れた。予想もしなかった憤りが押し寄せる。

彼女が美人だということは関係ない。

いや、関係ある。

人を見誤ることなどめったになかった。自分は可《か》愛《わい》い顔に騙されたりする人間ではないと自負していた。だからこそ腹立たしいのだ……。

自分の愚かさゆえに。

期待が外れたからではなく――。

彼女が振り返った。暗がりで目と目が合う。彼女の光る目に本物の絶望がはっきりと見てとれた。憤りが全身を覆い尽くした。たいした演技だ。これなら、ハリウッドでも通用する。

清純さと孤独な絶望感でまんまとこの僕を引っかけかけた。

しかもレナーテよりはるかに利口だ。あのプラチナブロンドのセックスシンボルにはたとえ一夜の遊びでも引っかかったりはしない。だがこの女の場合は……ああ、彼女が売るものならきっとすべてを買ってしまう。大きな捨て犬のような瞳とはにかむ笑みが、僕を虜《とりこ》にする。千夜一夜のシェヘラザードのように、夜話の完璧《かんぺき》な語り手になる。

怒りが熱い炎のように腹部を包んだ。彼女のことはもうわかっている。

二度と騙されるつもりはない。

侮られるのはごめんだ。誰にも。それに実際、彼女の罠《わな》には落ちなかった。運よく手遅れになる寸前に目が覚めた。いや、運よく、ではない。恥ずかしながらだ。餌食《えじき》になりかけた。甘い罠の鉤爪《かぎづめ》にもう少しで捕まるところだった。自分で信じるほど利口ではなかったということだろう。今でもまだ、濃いまつげに縁取られた瞳に魅入られかけている。

ティファニーは少し自信過剰すぎる。彼女のミスは僕から巻きあげようとするのが早すぎたこと。

「ここはどこ？」

タクシーがスピードを落とした。ラフィークは彼女の横顔に向けていた目を、金色の照明がこぼれる瀟洒《しょうしゃ》な大理石の正面玄関に向けた。「僕のホテルだ」

「わたしは同意していない」突如怯《ひる》んだ感のあるハスキーな声が返ってきた。さっきまでなら、動揺と――不安と受け取っていたかもしれない。だが今はこれもただのポーズとわかっている。

「聞いたが、君は行く先を告げなかった」ラフィークはドアを開けると、怒りを緩やかな笑みで隠し、ありったけの魅力を全面に押し出した。「一杯奢《おご》るから君の問題を聞かせてくれないか。助ける方法を見つけられるかもしれない」これが最終テストだ。

もし真実を言っているのだとしたら、きっと拒絶する。だが単なる金目当てなら、この笑みを好意の証《あかし》ととらえて受け入れるだろう。

彼女の本性はすでに明らかなのになぜ最後のチャンスを与える気になったのか、それはラフィークにもわからなかった。

ティファニーは一瞬ためらいながらも、どんなに頑《かたく》なな心でも溶かすような控えめな笑みを浮かべ、冷笑を堪えるラフィークに続いてタクシーを降りた。

彼女が歩道に降り立ったとき、ラフィークは口の中に苦い味を感じた。どうやらまだ心の奥に幻想が残っていたらしい。

ホテルに入ると、ラフィークはまっすぐエレベーターに向かった。「この上に街を一望できる屋外プールがある」ためらう彼女に肩越しに言った。

エレベーターに乗り込み、カードキィでプレジデンシャルスイートに向かう。

そして上階に向かって点灯していくフロア番号をじっと眺めた。甘く芳《かぐわ》しい香りが漂っていた――さわやかなグリーンと濃厚なくちなしが混ざった香り。しかもうんざりしたことに体が反応している。

彼女の目的に応じるつもりはない。ラフィークはそう自分に言い聞かせた。ただ彼女にどこまでの覚悟があるのか、それを見届けたいだけだ。

それでも甘くうっとりした香りが鼻孔をくすぐるにつれ、彼女に決して忘れられない教訓を植えつけてやりたい衝動が押し寄せてくる。そしてついにエレベーターが止まると、ラフィークは彼女のウエストに手を当ててそっと外へ促した。

磨《す》りガラスのスライディングドアを抜け、人一人いないプールデッキの薄闇に足を踏み出したとたん、穏やかな夜気に包まれた。

見上げると空には完璧な形の三日月がかかり、はるか下方では港がまるで黒いサテン地に手前だけきらめく塵《ちり》を散らしたように輝いている。

ティファニーは意外なほど小さなプールの脇《わき》にある椅子に向かった。ずらりと並ぶランプが、半ダースの満月のように水面に映っている。ティファニーは背を向けて両手を腰に当て、ただ街を見おろしている男を気にしながら、ふかふかのアームチェアーに腰を下ろした。彼が何を考えているのかはわからなかった。なぜならまた、周囲に誰も立ち入れないバリアを張り巡らせている。

その彼が突如振り返って上着を脱いだときには、心臓が飛びだしそうになった。そして彼が隣の椅子に座ると、とたんに空気が濃厚になるのを感じた。

「飲み物は？」ウエイターが来ると、今しがたのよそよそしい瞬間などなかったように彼は尋ねた。

できれば頭はクリアにしておきたかった。でも怖《お》じ気《け》づいているとも思われたくない。ティファニーはわずかに顎《あご》を上げた。「ウォッカ・オレンジ。氷をたっぷり入れて」少しずつ飲もう。一杯だけ。

どこかいたずらっぽい笑みを投げかけて、ラフィークは自分用にペリエを注文した。それならわたしもそうすればよかった、とティファニーは思った。

手品のごとく、ウエイターはすぐに飲み物を持って現れ、ラフィークはすぐに彼を下がらせた。

静寂と舐《な》めるような夜の熱気と隣の男の圧倒的な存在感が押し寄せ、ティファニーは身震いを感じた。ふたりきり。どうしてこんなことに？　彼は一杯奢ると……話を聞くと言った。混《こ》んでいるバーと少しの親切を想像していただけなのに。

こんなことになるとは思わなかった。

彼が振り返った。底知れぬ黒い瞳を見つめるうち、滴のようだった思いが奔流となって押し寄せる。ティファニーは自分でも気づかぬうちに堪えていた息を深々と吐いた。ラフィークはただの男性よ、そう自分に言い聞かせる。ただの男性。著名な映画監督を父に持ち、世界的に人気を誇る男性たちを身近で見てきた。きらびやかな雑誌の表紙を飾り、恋人にしたい男性ランキングの上位を占めるような男性たちを。それなのにどうして、この人といるとこんなにどきどきするの？

パスポートと現金をなくしたことで、身分証明という拠《よ》り所を奪われて窮地に追い込まれたから。そうとしか考えられない。両親の溺愛《できあい》を受けた箱入り娘が、生きるためにもがいている……この思いがけない運命のいたずらに頭が混乱しているのだ。

彼のせいじゃない。彼とは何も関係ない。思わず突き破りたくなるような、この寡黙で焦《じ》れったい空気とは何も関係ない。

原因はわたし。わたしが混乱しているから。世界そのものがおかしくなっているとすれば、彼が魅力的に見えても無理はない。

その考えの合理性にほっと胸をなで下ろし、ティファニーは精いっぱい冷静にほほ笑みながら抑えた口調で言った。「ごめんなさい、わたしったら自分のことばかり話して。あなたはどうして香港に？」

返事はそっけなかった。「仕事だ」

「サー・ジュリアンと？」

かすかなうなずきが返事だった。また新たに、彼お得意の〝これ以上煩わせるな〟と言わんばかりの空気が漂う。三メートルはある赤文字で〈危険、立ち入るな〉と書かれた大きな看板を掲げているようなものだ。

「ホテルの仕事？」

「なぜそう思う？」

ティファニーは飲み物をひと口すすった。甘くて冷たくておいしい。「彼はホテルで有名な人だから――リゾート開発をなさっているの？」

「開発業者っぽいかな？」

ティファニーはランプの明かりに照らしだされた高い頬骨をとらえた。闇に浮き上がるストライプの白いシャツ、グラスを握る指。リラックスして見えていいはずなのに、彼はどこか張りつめていた。

「開発業者がどんなふうに見えるかはわからないわ。人それぞれだもの。誰もが同じってわけじゃない」

体がもじもじするほど、ラフィークが瞬《まばた》きもせずに見つめてきた。「君はどうだい、ティファニー？　君は香港で何をしているんだ？」

「それは……」何もしていない。そう打ち明ける気にはなれなかった。英文学とフランス語の学位は取った……でもこれから自分が何をしたいのかわからなかった。それに学生時代の友人サリーとの空《むな》しい旅行のことも話したくなかった。途中でサリーが一人の男性と知り合って、二人の間でまるでお邪魔虫みたいになっていたことも。いろいろとさらけ出しすぎた。これ以上自分がどれだけ世間知らずかを知られたくない。ティファニーはあえて笑顔でさりげなく言った。「あちこち旅行しているだけ」

「そんな気楽な暮らしをご家族も認めている？」

ちくりと胸が痛んだ。「わたしが自分の面倒くらい自分で見られること、家族もわかっているから」

その点は疑問の余地があった。父がわかっているかどうかは疑わしい。でも今は慎重に行動しなければ。ラフィークに、目下のところ誰も頼れる人間がいないことを悟られたくはない。

「家族とは連絡を欠かさないようにしているしね」

「携帯電話か」

疑問形ではなかった。ティファニーは否定しなかった。携帯電話も盗まれたバッグに入っていたとは言わなかった。今現在は父の居場所もわからないことも。母が精神的にまいっていることも。家族と密に連絡を取っていると信じさせるほうが安全だ。

「どうして経費を家族に用立ててもらわない？」

「家族にはその余裕がないの」

事実だ。ある意味。そうしようとして昨日電話をかけたときの母の涙がよみがえる。リンダ・スミス＝キャニングはテイラー・スミスとの結婚前はB級の女優だったが、もう二十年近く仕事から離れている。婚前契約書の条件でオークランドの屋敷は母の名義だが、それも流動資産ではない。売却には時間がかかるし、賃貸に出すとしても父の同意が必要だろう。その間、食費も、スタッフの給料も、ロサンジェルスの屋敷の家賃もいる……それなのに共同名義の口座はほとんど空なのだそうだ。そのうえ夫は居場所がわからない。母の動揺と苦悩も無理はないだろう。

無理、母は今助けを求められる状況じゃない。母に必要なのは弁護士。ここから戻ったらすぐに最高の弁護士をつけてあげるつもりだ。どんなに高くついても、最高に腕利きの弁護士を。どうせ費用はすべて父が払うことになる。

でもラフィークはそんな話に興味はないはず。

「どうしていつもわたしの話に戻ってしまうのかしら？」ティファニーは言った。「わたしのことなんて、おもしろくないのに」

「そこは意見の分かれるところだ」ベルベットより滑らかな声だった。

ティファニーがわずかに身を乗りだすと、黒い瞳に星明かりがきらめいた。半ば不安と半ば期待の戦《せん》慄《りつ》がふわりと背筋を走る。思わずはっと息をのんだ。

わたしったらどうかしてる……

息を吸いながら、口走る。「サー・ジュリアンはニュージーランド生まれよね。オークランドの、ライフスタイル誌に彼の邸宅がよく取り上げられているの」唐突な話題の転換だったが、少なくとも自然な領域には戻れる。「お父さんが英国人なのね」

意外にもラフィークは仕事上の知人の話題には食いつかなかった。「つまり君はニュージーランド出身なのかい？　アクセントではわからなかった」

「父の仕事の関係で、一時期アメリカで教育を受けたから」父の撮影に合わせて、オークランドの女子校から転校させられたのだ。最悪だった。そのうち母と二人で、オークランドに戻った。けれども母は父がマリブの豪邸で催す派手なパーティで女主人を務めるために――それに父を監視するために――しょっちゅうロサンジェルスに行っていた。ゴシップ誌で初めて父の情事の記事を読んだのは十七歳のときだ。パズルの最後のピースのように、それですべてが符合した。

「お父さんは軍人かな？」

テイラー・スミスのことは話したくなかった。

「いいえ――でも旅が多かったの」

「営業マンかなにか？」

「そんなところね」ティファニーはまたひと口飲み物を飲んで、ガラステーブルの上に置いた。「あなたは？　あなたはどこに住んでいるの？」

ラフィークがじっと見つめてきた。「ダーハラ――オマーンの近くにある砂漠の王国だ」

「何てすてきなの！」

「そんなに僕がすてきかな……」

ティファニーは彼を見つめた。

目にいたずらっぽい光が宿っている。「あなたじゃないわ！」笑いがこみ上げ、少し気持ちが楽になった。「あなたが住んでいるところよ」

「傷ついたな」

「気を引いているの？」ティファニーは尋ねた。

「尋ねなきゃわからないなら、よほど腕が鈍ったな」彼が長い脚を投げだし、ネクタイを緩めた。

その仕草で彼の手に目が吸い寄せられた。ランプの灯で、細く先端の四角い彼の指が白いシャツに浮き上がる。金の印鑑付き指輪がきらりと光を放った。手は静止していた。その指先の下で心臓が――。

「君は違うようだが、大半の女性は僕を魅力的だと思ってくれる」彼が目を半ば閉じて、つぶやいた。

ティファニーは身を引いた。気づいているの？わたしの心臓が激しく鼓動している理由に？「あなたを？　魅力的？」

「そうだ」

ティファニーはごくりと唾《つば》をのんだ。「大半の女性はどうかしているのね」

ラフィークの目がきらりと光った。「そう思う？」

危険！　危険！　ティファニーは無謀にも押し寄せるアドレナリンの警告を無視した。「ええ」

「僕が魅力的になれるとは信じられない？」彼が笑った。薄闇の中で彼の歯はどきりとするほど白く、電光のような熱が腹部を貫く。

「もちろん！」ティファニーは口調を荒らげた。

「そうなると、証明しないわけにはいかないな」

ラフィークが顔を近づけてきた。ゆっくり、そうゆっくりすぎるほどゆっくりと。逃げる時間はたっぷりあった。顔を平手打ちをする時間も。でもそうしなかった。それどころか待っていた。息を殺し、どんどん近づく口元を――きれいだとうっとりしながら見つめていた。それが自分の唇に重なるまで。

そしてそこで吐息をついた。柔らかな声を。

彼のキスは巧みだった。重ねた唇をティファニーの唇の合わせ目に沿って焦らすように、決して押しつけることなく動かしていく。ほかの部分はいっさい触れてこない。やがてティファニーは唇を開いた。彼はそれに便乗しなかった。そのまま欲求不満の声を引きだすまで、焦らすようにキスを続けた。

もはや誘惑は必要なかった。彼はティファニーの口を我がものとし、本人が存在すら知らなかった秘密を執拗《しつよう》に探求した。体が熱くなった。たちまち嵐《あらし》のような欲望がこみ上げる。彼の手が体をはい上がり、首の後ろを支えた。その手の温《ぬく》もりが全身におののきを走らせる。

感覚の猛襲に激しく揺さぶられて、ティファニーは目を閉じた。

永遠にも思える時間のあと、彼がついに顔を上げ、半分瞼《まぶた》に覆われた瞳でティファニーを見つめた。

「これで」感じやすいうなじをそっと指先でなぞりながら、ラフィークが満足げに言った。「君も大半の女性に同意するだろう？　君も魅了された」

ティファニーはただの冷ややかな計算に溺《おぼ》れた自分にめまいを感じた。

「わたしには、ただ傲慢でうぬぼれの強いプレイボーイに思えるけど」そう吐き捨てる。

一瞬彼が見つめてきた。ティファニーは身構えた。

――性的な報復に備えて。

ラフィークが突如頭をのけぞらせて、大声で笑いだした。

「それはうれしいな」ようやく笑い声を止め、それでも目を愉快そうに輝かせたまま、わざとらしく慇《いん》懃《ぎん》におじぎをする。「光栄だよ」

チャンスがあるうちに思いきり平手打ちしておけばよかった。ティファニーは激しく悔やんだ。キスでいまだ燃える唇から、声を絞り出す。「わたしは魅了されてなんていないから」

3

楽しさが一瞬で消えた。

ラフィークは不快感を堪《こら》え、冷ややかに彼女を見つめた。敵意が意外だった。誘惑するチャンスに喜んで便乗してくるとばかり思っていたのだ。簡単に落とせる男ではないと踏んだのか？　改めて目を凝らす。今の皮肉も気を引くための計算？　ひょっとして僕が何者か知っているとか？　調べたのか？

ラフィークはその唐突な不安を振り払った。

いや、世慣れているだけだろう。名もなき女だ――香港《ホンコン》の裏通りの怪しげなクラブで違法に働く外国人女性。ラフィークは懸念をばっさりと切り捨てた。

「そんな目で見ないで、この傲慢男《ごうまん》」

この僕にそんな口の利き方をするのか。しかも彼女のような女が。ラフィークはうなり声をあげ、彼女の手をぐいと引き寄せた。彼女が小さな金切り声と共に膝に着地すると、手を緩め、背筋に沿って指をはわせていく。柔らかな首筋に顔を埋《うず》めて、甘い言葉もささやいた。彼女の呼吸が瞬く間に喜びの悶《もだ》えへと変わった。ラフィークは知識を駆使して誘惑を続けた。そのうち夕顔が花開くような彼女の甘い反応に、いつの間にか吸い込まれていた。

ラフィークは柔らかな体に酔いしれそうになるのをぐっと堪えた。自分は冷静だと強く言い聞かせる。彼女をただ焦《じ》らし……誘惑し……キスをして、どこまで覚悟があるのか確かめているだけ。

テストなのだ。

彼女の負けだ。残念ながら。キスがどんなに天使のようでも。彼女はやはり自分の思った通りの女だったと、ここは満足感に浸るべき瞬間だろう。

それなのにどういうわけか従順な彼女の柔らかさに没頭している。

突如ぐっと胸を押され、ラフィークは驚いて目をしばたたき、首を横に振った。「どうした?」

ティファニーが息を乱したまま、燃えるような目で立ち上がった。「わたしはこんなことのために来たんじゃない。寝場所は別に求めていないから」

背を向ける前に、ラフィークはその腕をとらえた。「ティファニー、待て。何も君がひと晩のベッドを求めてここに来たとは言っていない」確かに、その可能性が頭に浮かんではいたが。

そんな女じゃない、彼女にはそう思いたくなる何かがある。ひょっとして誠実さをまとう大きな茶色い瞳のせいか。それとも赤ん坊のように柔らかな肌のせいなのか……。

ラフィークは観察力をいったん脇《わき》に避けた。女性だ――肌は柔らかくて当然だろう。

そろそろ帰さなければ――彼女が紡いだ話を信じてしまう前に。ラフィークは彼女から手を離すと、パンツの後ろポケットの財布から五百ドルを差しだした。驚いたことに、キスの余韻でいまだ指が震えている。「チップだ――これで二晩分の宿泊費は何とかなるだろう」例の話が本当だとすれば。

ティファニーはうつむき、もごもごとつぶやいた。

「受け取れないわ」

「なぜだ?」まったく苛立《いらだ》たしい。何が目的なんだ? 「僕は最初から君の力になるつもりだった」

ラフィークは彼女の目的が知りたかった。いまだ下心が見えてこない。詭弁《きべん》と自然さが入りまじっている。財布とパスポートを盗まれ、二日分の安宿代としてほんの数ドルがほしいだけだと訴え、その言葉を信じて出す気になったら、次の瞬間には母国までの飛行機代がないと言いだして、これは詐欺だと確信させる。彼女はただの被害者なのか、それとも頭の切れる詐欺師なのか。

だがもし彼女が本当に軽犯罪の被害者だとすれば、ホームレスになるのは見すごせない。もし従妹《いとこ》のザラや兄の妻ミーガンだったら？　一族の女性の誰かが同じような窮地に立たされたとしたなら、誰かに力になってやってもらいたい。

「受け取ってくれ、頼む」

ティファニーが手の中の紙幣を見つめた。「多すぎるわ。あのキスのあとでは……受け取りにくい」彼女はそうつぶやくと、髪で顔を覆い隠した。

声がわずかに割れている。

「わかった」ラフィークは苛立ちを募らせながら再度札入れを開け、二十ドル札と十ドル札を引きだしてからさっきの札を押し込んだ。「それじゃあこれを。君へのチップには足りないが、これなら動機を邪推されることもないだろう」

ティファニーが顔を上げて見つめてきた。「わかってくれてありがとう」

目に涙がきらめいている。

「おいおい、泣くな」ラフィークが乱暴に言った。

「止まらなくて」ティファニーははなをすり上げ、指で涙を拭《ぬぐ》った。「傲慢男だなんて言って、ごめんなさい」

ラフィークの頬が緩んだ。なぜか魅了される。理解しきれないこの女性に。誰より利口な詐欺師かと思うと、次の瞬間には従妹のザラにも匹敵するほど純真で可愛《かわい》い女性に見えてくる。

ティファニーが身を乗りだした。くちなしの花の香がふわりと漂う。彼女が胸に手を置いた。綿のシャツ越しに手のひらの温《ぬく》もりが伝わり、ラフィークは息をのんだ。

しかしティファニーに覚える欲望は、ザラへの兄妹愛《きょうだいあい》とは似ても似つかない。

ティファニーが爪先立ちで頬に柔らかな唇を押し当てるころには、体が硬く反応していた。

「ありがとう、あなたは命の恩人だわ」

甘い香りに加えて、女性らしい体にくすぐられ、ラフィークは思わず彼女に腕をまわしていた。ぐっと抱き寄せる。「ティファニー、僕は君をどう判断すればいい?」

「わたしはそんなに複雑じゃないわ——見たままよ」彼女がシャツに顔を寄せたままつぶやく。

ほほ笑む気配と速まる息づかいを感じ、ラフィークは発作的に腕に力を込め……我をなくした。

長い時間のあと、ラフィークは唇を離した。

ティファニーの指がシャツをはい上がり、緩めたネクタイを掴《つか》むころには、自分がよこしまな好奇心と傷ついた男としての自尊心からこのキスを始めたことなど、ラフィークの脳裏からはすっかり消えていた。魅了されていないと言うティファニーがキスに応じるかどうかを確かめるつもりだったのに。

もうそんなどころではない。

繋《つな》ぎ止めていた自制心はぼろぼろだ。

もう一度彼女を味わうことしか考えられない。

彼女の指の動きが止まった。「わたしたち、なんてことを」彼女の声にも動揺が感じられた。「あのドアから誰が入ってくるかわからないのに」

「それはない」ラフィークは首を横に振った。「ここは僕のスイート専用のプールだ——デッキの入口は僕のカードキィでしか開かない」

ティファニーが息をのんだ。「あなたのスイート? まさか、あなたのスイートだったなんて」

彼女はすでに身を引いていた。瞳も陰り、不信感に満ちている。ここを選んだ動機を不純なものと勘違いしたのだろう。責めるわけにはいかない。「下のバーは騒がしい。この時間帯は酔客でいっぱいだ。

考えごとには向かない」ましてや話すなど無理だ。

「そう……」

ラフィークは彼女の顎の線にそっと指をはわせた。柔らかな巻き毛が手の甲をくすぐる。「君はすごくきれいだ。気づいている?」

「きれいじゃないわ」取り乱した声だった。

ラフィークは指を止めて、頬を包み込んだ。顔を上向かせ、大きな瞳をのぞき込む。「きれいだよ」

ティファニーが首を横に振った。「いいえ、せいぜい〝可愛い〟じゃないかしら。でもどのみちこの明かりで判別は無理」

どうやら彼女はうぬぼれの強いタイプではないらしい。「感じるのに明かりはいらない。君の瞳を見ていると、黄金色の砂漠の砂ときらめく夕日を思い出す」ラフィークは親指の腹で彼女の下唇をそっとなぞった。「この赤い唇はまるでカッスル・アル・ウォードのローズガーデンのばらだ」指が頬をなでる。「肌の柔らかさはアーモンドの花。そしてこの、美しさを計算され尽くしたような頬骨」

ティファニーは頬が赤らむのを感じた。

一瞬の間があった。ティファニーは今しがたの、彼からスイートに連れ込まれたと気づいたときに感じた怒りを奮い起こそうとした。けれどももうどこにもなかった。彼の手の感触に、体の温《ぬく》もりに、優しい言葉の力にのみ込まれてしまっていた。言うべき言葉がひと言も見つからなかった。彼のような人は初めて。とうてい手に負える相手じゃない。

ティファニーはこみ上げる感情をすべて理解するのは諦《あきら》めた。ラフィークの豊かでつややかな髪を感じながら首筋の後ろで指を繋ぎ、唇を引き寄せる。ヒップの下で彼の太腿が動き、硬くたくましい彼自身の存在が伝わってきた。そしてキスが終わったときには、胸が激しく高鳴っていた。

顔を上げ、彼を見つめる。瞳は温かく輝き、さっきまでの冷ややかな人とはすっかり別人だ。

ティファニーが言葉を発する前に、ラフィークが手を掴んだ。「おいで」

導かれるままフレンチドアを抜け、暗い部屋に入る。スイッチが弾《はじ》かれ、鈍い明かりが広がり、豪華な内装とキングサイズのベッドがあらわになった。ティファニーが怯《ひる》む間にラフィークがシャツを脱ぎ捨てた。そして腕の中のティファニーと向き合う。冷静に分析できたのはここまでだった。

自分の革ベルトだろう……何かが落ちる音が聞こえた。借りたドレスの背中のジッパーが開く。彼の手が肩のストラップをすくい上げ、手首にまわしていた小さく華奢《きやしや》なバッグと共に腕から外した。無防備さを、裸を意識する間もなかった。あったのは、ドレスが消えた安堵《あんど》感。そして抱き寄せたラフィークの、肌の滑らかさと温もりだけだ。

彼の指が髪をまさぐり、やがて小さな弧を描きながら背中を下って炎を注ぎ込んでいった。低い声がもれる。

ティファニーは頭をのけぞらせた。欲望が堪えきれずに火を噴き、地味な黒いブラの下の頂が固くなった。そのブラもいつの間にか留め金が外され、ベッドの隅に放《ほう》り投げられていた。彼がひざまずいてヒールを脱がせ、滑らせるように両脚から綿の下着を引き抜く。太腿の内側に炎が走ったような気がした。

体が震えだした。

欲望が炸裂《さくれつ》して体を覆い尽くす。強く。すばらしく。こんなこと、初めて。彼が腹部に顔を埋《うず》めた。その衝撃に体の芯《しん》まで揺さぶられ、鳥肌が立った。ティファニーは両手で彼の髪を握りしめた。

「君を喜ばせたいだけだ——セックスはしない」彼がつぶやいた。

安堵したのもつかの間、わけのわからない失望が全身に広がった。「どうして、しないの？」

わたしなんて、抱く気にならない？

「備えが……なくてね」

「備え？」そこでようやく意味がのみ込めた。

別の見方をするなら、そんな彼が避妊具を持っていないということは、行きずりのセックスもしないということ。ティファニーはこの苛立たしい男に好意を感じはじめていた。

だめだとなると、どうしても抱かれたくなる。

ティファニーは床に落ちたドレスの下からバッグを探り出した。開けて、レナーテが押し込んだコンドームを引っ張り出す。「一つあるわ」

「ないよりましか」ラフィークがうなった。

彼はティファニーをベッドに横たえるなり、即座に行動に移した。ティファニーは目を閉じた。彼の口が胸の頂をとらえ、経験したことのないような興奮をかき立てる。燃える体を彼の歯に翻弄《ほんろう》され、喉から荒々しい声がもれた。しかも彼の手は……どうすれば女が興奮するかを知り尽くしている。体が自ずと動く。まるで彼の望みを……どう反応すればいいかをわかっているように。

ついに彼がのしかかり、ティファニーは脚を開いた。目を開けると、強《こわ》ばる顎の線と情熱を帯びて膨らむ下唇が見えた。彼が立派な、思いも寄らない肉体を両脚の間に沈めていく。そして腰を動かした。

ティファニーの体に緊張が走る。

圧迫感。息が詰まる。わたしには無理。ティファニーは不安にかられながらただ彼の口元を見つめていた。突如緊張が解け、圧迫感がやわらいだ。震えも弱まる。彼が中に入ると同時に、心臓が大きく弾んだ。温もりが広がる。ティファニーは激しい原始的な感情に煽《あお》られ、背中に両手をはわせた。

そのあまりのすばらしさに、涙が出そうだった。

彼がさらに奥へと突き進むと、温もりが狂おしいほどの熱さへと変わった。摩擦が高まるにつれ、まだ見ぬ境地を目指して体が張りつめていくのがわかる。全身がもはや情熱だけに支配されていた。

「力を抜いて」ラフィークが耳元でささやいた。「自然に任せるんだ」

彼が何を話しているのかもわからなかった。けれども耳にかかる息の温もりに背筋がざわつき、震えが全身に広がる。

ティファニーはもはやその興奮を堪えなかった。ただ身を委《ゆだ》ねた。喜びが高く舞い上がる。

彼が動きを止めた。そして今度は、素速く、息づかいも荒く突き上げはじめる。

衝撃の叫びと共に、ティファニーの体は激しく痙《けい》攣《れん》しだした。情熱の波が全身に襲いかかり、無情な興奮の潮が引くとあとには抜け殻だけが残った。

ティファニーはまばゆい太陽の光に目を瞬いた。とっさに何もわからなくなり、不安で息が詰まる。

わたし、いったい何をしたの？　ふかふかした大きな枕《まくら》の上でゆっくりと頭を動かす。

特大のキングサイズベッドの隣は空っぽだった。ラフィークはすでに起きたらしい。あわよくば、わたしが出ていくまでバスルームから出ないでくれるかも。でもバスルームから音は聞こえない。ひょっとすると朝食か……ひと泳ぎにでも行った？

顔を合わさずに済むなら、何だってかまわない。

ふと気配を感じて、大きな窓に視線が吸い寄せられた。ガーゼのカーテン越しに差し込む陽光に、黒っぽい人影が浮かび上がっている。

ラフィーク。

ティファニーは思わず体を動かした。気配を感じたのだろう、彼が振り返った。「目覚めたのか」

もはや瞼《まぶた》を閉じて眠っているふりもできない。

「ええ」ティファニーは愛想笑いを向けた。彼の表情を読みたかったが、逆光で読めなかった。

「それはよかった」

よかった？　本気で言っている？　彼が近づき、はっきり顔が見えるようになった。そこには昨夜の情熱的な恋人はいなかった。いるのはあの、人を寄せ付けない男性だけ――あれは昨夜限りのこと？

ティファニーは身震いした。

「もう身支度が済んでいるのね」どうしてこんな悲しげな声になるの？

ラフィークが肩をすくめた。「今日は予定が詰まっている」

だからさっさと出ていってくれと。

言葉に出されるまでもない。伝わってくる。

でもこんなにそばにいられると、ベッドから出られない。シーツの下は裸。しかも彼は自分だけすっきりと身支度を整えている。昨夜、意図した以上に体を露出させた。悪いのは誰でもない、自分自身。

でもこれ以上彼に肉体をさらしたくない。昨夜の記憶で、また新たな屈辱の炎が胸を焼き焦がした。

ティファニーは顎を上げ、思い切って彼の強固な視線をとらえた。「なぜそこに立っているの？」

「君が起きるのを待っている」

昨夜は欲望の炎が灯《とも》っていた顔に、冷たさが戻っている。大切な言葉が聞けるかもしれないというはかない希望がしぼんだ。胃がぎゅっと固くなる。

「どうして？」

彼が上着のポケットに手を入れた。

拳《こぶし》を広げる。そこに携帯電話があった。

ティファニーは彼の発する緊張感の意味を理解しようと眉をひそめた。自分にも関係があるはずだ。

「レナーテの電話よ。昨夜《ゆうべ》ベルトに挟んで――」

「写真を撮っただろう」

ええ、そうだった。すっかり忘れていた。「でも消すことにして――」

「そう」彼の口元が歪《ゆが》んだ。いい笑みではない。

「消すことにした。だが消していなかった。それなのにあのときサー・ジュリアンに消したと言った」

あのときは仕事を失うのが怖かったから。ティファニーはシーツの下でどう説明しようかともがいた。そして結局、沈黙を守ることにした。これ以上墓穴を掘っても困る。ややこしくなるだけだ。

「何か言うことは？」

「どうしてあなたが気にするの？」

「当然だろう」ラフィークは電話を振りかざしてみせた。「一枚には、僕とサー・ジュリアンが写っている——それにこれを見ればレナーテが彼とどんな関係をもくろんでいるかは明らかだ」

「わたしはそんなつもりじゃ——」

「もちろん、そのつもりはなかっただろう」彼が鼻を鳴らした。「昨夜は、サー・ジュリアン・カーリングのことにひどく興味を持っていたしね」

「ただ話題にしただけ」その受け取られ方にティファニーは面食らった。「それが何？」

「それが何？　言うのはそれだけか？」

ティファニーはシーツの端を体に巻きつけた。こんなとんでもない人と関係を持つなんて、昨夜はほんとにどうかしていた。

沈黙が膨らんだ。ティファニーはますます落ち着かなくなった。視線がドアの方へと泳ぐ。たとえ部屋から飛びだしても、裸では遠くに行けない。でも、ドレスとバッグを拾い上げる時間があるかどうか。

彼女は視線を彼に戻し、こうなったら正面から渡り合おうと決めた。「なぜ怒っているの？」

ラフィークの眉が跳ね上がった。「何も知らないとでも言うのか？　よせ、もうじゅうぶんだ」

ここは何も言わない方がいい気がした。さらに怒らせるだけだ。ティファニーは待った。

「この電話に君の友達から、昨夜はどうだったと尋ねるメールが届いている」

顔の嫌悪感から察するに、彼と寝ることもレナーテと相談済みだったと誤解しているらしい。

レナーテったら。「それは誤解よ――」

ラフィークが片手を上げた。「聞きたくない。それで、いくらほしい？」

「え？」

「いくらで、僕がサー・ジュリアンといたことを忘れてくれる？」

口がぽかんと開いた。彼、妄想癖があるの？　それともパラノイア？　ひょっとして頭がおかしいの？　ティファニーは慌てて言うしかなかった。

「画像は消すわ――昨夜そのつもりだったの。忘れていただけ……電話をレナーテに返すことも」

「都合のいい言い訳だ」

気に障る言い方だった。

「その友達からのメールには、君が彼女の電話を盗んだと書いてあった」彼はほほ笑んだが、その目はいまだ熱した石炭のようにくすぶっていた。「自分でその画像を売りつける気なんだろうと」

「そんなことしない！」

ラフィークが疑わしげな声で言った。「画像を売りつけることか、盗むことか？　いつから盗人同士に忠誠心が生まれた？」

いったい何が言いたいの？　ティファニーは慎重な目を向けた。「もっとはっきり言って」

「君はあの友達と共謀して、僕とサー・ジュリアンを強請《ゆす》る予定だった。君の友達は君が抜け駆けするつもりだと思っている。僕も同感だ」

「強請る？」

この人、本当に頭がどうかしているわ。ティファニーは再度ドアに目をやった。ここから抜け出せるだろうか……シーツをしっかり引き上げたら、体に巻きつけたまま出られるかも。

「出るのは無理だ」ラフィークが低くうなってベッ

ドに腰を下ろし、出る際にはトーガのように体に巻きつけようともくろんでいたシーツの下にティファニーを封じ込めた。

「そうらしいわね」彼女は穏やかに彼を見つめた。

彼の目が細く狭まる。「そんな顔をしても無駄だ。君が潔白じゃないのはわかっている」

「そんな……」ティファニーの声がしぼんだ。無駄だ、彼は信じてくれない。

「それでその写真をどうするつもりだった?」

「何も」

ラフィークは首を横に振った。「僕をなめるんじゃない。君の友達は君がまだ電話と写真を持っているか知りたがっていた。売りつける相手が決まっているのだろう。君も関《かか》わっているはずだ」

反論する気はなかった。彼が身を寄せ、しかもこちらは薄いシルクのシーツの下は一糸まとわぬ姿なのだ。ここでむやみに緊張を高めたら別の……別の危険な状況に陥りかねない。

ティファニーはうろたえた。「あっちへ行って!」

彼はびくりとも動かなかった。「こうしよう。僕が携帯の画像を消す。そして君が昨夜ほしがっていたチケットを買う。その後は二度と接触はしないでほしい。いいね?」

ティファニーはうなずいた。

そこで彼がわずかに身を引き、ティファニーは息をついた。

「金は渡さない。直接空港に連れていって、チケット変更に必要な料金を支払う——本当にオークランド行きのチケットが必要なら、だが」

「ええ」ティファニーはかすれた声で言った。

ラフィークがそばを離れた。「支度ができるまで下で待っている」

彼がベッドから立ち上がると、ティファニーはようやく気力を取り戻した。顎を上げる。「空港まで送ってもらう必要はないわ。臨時の旅券が月曜にはできるの。タクシーでホステルに戻るから」

「僕は君に香港を出てもらいたい」

「わたしだって一分たりとも長居なんてしたくないわ。迷惑はかけないから。約束する」

彼から向けられたきつく狭めた視線に、ティファニーは骨の髄まで凍りついた。「もし君が――」

「何もしないから。絶対に。それに信じて。必ずお金も返す」ティファニーは語気を強めた。この人に借りを作るつもりはない。

彼が素っ気なく手を振った。「よせ。嘘《うそ》をつくな」

「ちゃんと返します。銀行の口座番号を教えて」

「また金を騙《だま》し取《と》るためにか？」彼は突如耳障りな笑い声を上げた。そして穴があくほど目をのぞき込む。ティファニーは目をそらさなかった。空気が熱と重みを帯びはじめる。何かが生まれていた。強く、思考力を奪うほど激しい感情が。

ラフィークは目もそらさず、ポケットから財布を出した。そして今度は、小さな白いカードを取り出した。「僕の名刺だ。小切手を送ってくれてもいい――だが会うつもりはないから。絶対に」

ぐさりときた。

売り言葉に買い言葉で返す。「わたしも会うつもりはないわ」そして挑むように続ける。「絶対に」

彼が背を向けると、震える唇を噛《か》みしめた。ドアが大きく音をたててドアに向かう背中を見つめた。ドアが大きく音をたてて閉じたところで、手の中の名刺に目を落とす。

ラフィーク・アル・ダーハラ。王立ダーハラ銀行。

頭取。

察しがついてもよさそうなものだった。彼は年配の銀行員じゃない。頭取。どうやらわたしに天国をかいま見せた男性は普通の人ではなさそうだ。

4

ラフィークは落ち着かなかった。

ここ何週間も、ずっとこの調子だ。毎日のように真夜中まで眠れないのは、ダーハラの強烈な暑さのせいだろう。王立ダーハラ銀行の主会議室がどれだけ空調が効いていても気持ちは休まらなかった。

「うろうろするな」シャフィールが背後から言った。

「出資した新しいホテルの件で呼んだんだろう？さっさと始めてくれ」兄が金製のペンで目の前のノートをこつこつと叩《たた》いた。「こっちは忙しいんだ」

ラフィークは踵《きびす》を返すと、黒革の椅子に白いローブ姿でゆったりと腰かける次兄を睨《にら》みつけた。

「少しぐらい待ってもいいだろう、シャフィール」

「僕はかまわないが、ミーガンがね。妻はカッスル・アル・ウォードで過ごす時間は一分たりとも無駄にしたがらない」シャフィールがいかにも満ち足りた男らしく、にやりと笑った。「週末に来いよ。二日カーリングホテルの契約を祝おうじゃないか。二日ぐらいそのスーツを脱いでもいいだろう」

ラフィークは首を横に振った。「やることが山積みだ。遠慮しておく」カッスル・アル・ウォードの件では正直、兄がうらやましかった。何世紀にもわたって一族が所有してきた砂漠の宮殿。ミーガンとの結婚以来、シャフィールはそこを住居にしている。

「そうがんばるな。戻り道がわからなくなるぞ」

「どうせなら父上に言えばどうだ？」今はシャフィールの鋭い分析に付き合う気になれなかった。兄の気をそらそうと、長男に弁舌を振るっているセリム王を顎で示す。〝義務〟だの〝結婚〟だのといった言葉が会議テーブルの上を飛び交っていた。「ハーリドも少しはほっとできるかもしれない」

シャフィールが含み笑いをもらした。「父上にはハーリドを解放するつもりなどないよ」

「兄さんの結婚がハーリドのプレッシャーを増幅させたんだよ」

シャフィールが弟の胸に指を当てて、くすりと笑った。「おまえへのプレッシャーもね。みんな、一番に結婚するのはラフィークだと思っていた。ハーリドと違って、父上が相手を選ぶ必要もない。僕と違って、砂漠と関連づけて見られることもない。何年も海外にいて、女性と知り合う機会も多かった」

「世の中、そう単純じゃない」それが事実なのはラフィークにもわかっていた。「兄さんは期待もプレッシャーもなく、好きにしてきたじゃないか」

次兄はほとんど砂漠から出ることなく、多少の不作法も許されてきた。だがラフィークは実業家としての役割を担うように教育されてきた。イートン校に入り、ケンブリッジとハーバードで学位を取得した。パートナー選択にもプレッシャーはある——国際舞台に出しても恥ずかしくない人物。箔《はく》づけになる妻。とびきりの箔づけに。

特別なものとして始まった関係が、単なる義務に成り下がらないとどうして言える?

「よいな」突如父の声が思考に割って入った。

ラフィークはテーブルの奥に再度目を向けた。父がハーリドの手に一枚の紙を押しつけている。「この三人なら誰でもよい。ヤスミンなら裕福なばかりか、おまえの妻には何が必要かもわかっておる」

「いやです!」ハーリドの顎は岩のようだった。

「それに顔も可愛《かわい》い」シャフィールが作り笑いを浮かべた。

「可愛さなど求めていない」彼の兄が反論した。

「求めているのは自分に合う女性だ」ハーリドが続けた。「見た目は関係ない。パートナーを求めているんだ……グラビアアイドルじゃない」

「おいおい、僕の妻だってパートナーだよ」シャフィールが異議を唱えた。「僕の目にはグラビアアイドルにも見えるけどね」

結婚、しかも幸せな結婚をしてから、シャフィールは兄の花嫁選びに関しては、父側につくようになった。というより、ミーガンと出会えた自分がどれだけ幸運かをただ強調したいだけなのだろうが。ラフィークにしても、シャフィールにとってのミーガンのように、これぞと思う女性と出会えたなら、すぐにでも結婚する……

ハーリドに殺してやると言わんばかりの表情を向けられ、シャフィールは笑いながら、銀行の秘書が慌ただしく注《つ》いでいく香り高いコーヒーを飲んだ。

ハーリドが父に向かって続けた。「リストは必要ありません。自分の妻は自分で見つけます」

ラフィークは首を伸ばして、リストをのぞき込んだ。「他には誰が載っている？　ファラー？　いくらなんでも若すぎるだろう。子供を妻にするのはごめんだ」

ラフィークの声が父の耳を捕らえた。

「よせ」王が腕を大きく広げた。「兄にアドバイスをするな。おまえこそ、シャフィールよりずっと前に結婚しておってもよかったんだ。自分を振り返ってみなさい。恋人と別れて、今は誰も隣にいない」

「シェニラとは考え方に違いが……」付き合いだしたとたん、シェニラの父親がやたらと口出しを始めた。シェニラは公認会計士で、美人で、ダーハラでも敬意を払われている一族の出身だった。新聞でも、完璧《かんぺき》な縁組と騒がれた。

だがラフィークは逃げだした……。

「違い？」父が低くうめいた。「些細《ささい》な違いが何だ？　おまえたちの愛すべき母親とわたしなど、違うことだらけだった。それを乗り越えてこそ――」

「しかしおふたりは許婚《いいなずけ》同士だ」ラフィークが遮った。「若い頃《ころ》から一族の間で結婚が定められていた。そんな関係はそうそう終わりにはできない」

国王は首を横に振った。「結婚はそう簡単なものじゃない。日々努力し、その結果幸福が訪れる。おまえたちは愛し合っていたじゃないか。まったく、今度こそうまくいくと安心しておったのに」

僕だってそう思っていたとラフィークは内心でつぶやいた。それなのに恋をしたとたん双方の家族が関《かか》わりだして、またもこんな結末だ。これが初めてではない。その前はローザ、その前はニーラ。見境のない男なのではない。求婚時間が続かないのだ。たとえ時間をかけて慎重に相手を選んだとしても。婚約が視野に入り、挙式の日取りを定めるプレッシャーが加わりだすと、愛が冷め、ふたりの関係が甘い罠《わな》にしか思えなくなって逃げだしたくなる。

「ハーリド、自分の義務はわかっておるな」国王が長男の肩を叩いた。「その中から一人選ぶんだ。豊かな見返りが待っている」

ラフィークはリストに目を通し、自分がこれまで女性たちに求めてきた条件を思い起こした——実業家として、妻にするのは自分の世界にふさわしい女性でなくてはならない。財産。美貌《びぼう》。強力な後ろ盾。

「ヤスミンは有力な一族の出だ」

ハーリドが激しく首を振った。「彼女の一族と結婚するわけじゃない。僕は花嫁に権力や財産や見た目以上のものを求めている。永遠に興味を失わずにいられること。財産など忘れ去ったあともずっと」

興味？　ラフィークは最後にベッドを共にした女性を思い浮かべた。

ティファニーには出会った瞬間から興味を引きつけられた。あのとき、彼女に美しいと告げた。あの言葉は偽りではない。だが彼女はこれまでデートをした他の美女たちとはまるで違っていた。彼女の顔は心の動きをつぶさに映しだしていた。仕草の美しさに見とれた。妻に求めるそれ以外の基準は何ひとつ満たさず、決してふさわしい相手ではなかったが。

あの夜、自制心や抑制力をあれほどやすやすと剥《は》がされたことは恥辱でしかない。好きでもない女性に、詐欺師かもしれないと疑っている女性に骨抜きにされたことを思うと心穏やかではいられない。

彼女はベッドを共にする気はないと断言した。体も処女のように甘く引きしまっていた。それでもいざとなると避妊具を出してきたのだ。携帯電話の、サー・ジュリアンと写っている写真を消したというのも結局は嘘《うそ》だった。考えれば考えるほど、玄人女に騙《だま》されたとしか思えない。

それなのに僕は名刺を渡した。

愚かな！

ラフィークがぼんやりと手の中のリストを眺めていると、シャフィールがテーブルの向こうから身を乗りだしてそのリストを掴《つか》んだ。見つめて……笑い声と共に鼻を鳴らし、ラフィークを忘我の境地から引っ張りだす。「レイラも入っているとは。マルラの国境地帯の悪党全員より手がかかる」

「政治的判断だ――縁者になれば、彼女の一族を見張れる」国王がうなった。

「父上、彼女の叔父たちは厄介ですよ」ラフィークは喧嘩《けんか》で悪名高いふたりの族長をあげ、首を横に振った。「どうせなら余計な荷物のない相手がいい」

ハーリドがシャフィールに目を向けた。「僕もおまえを見習って、家族が地球の裏側にいる女性を選ぶか。そうすれば、姻戚《いんせき》に煩わされることもない」

にやりとしそうになるのを堪《こら》えて、ラフィークは父王が一族の神聖な義務について長演説を始めるのを待った。だが父はただ貼《は》りついたような表情を浮かべていた。「ラフィーク、確かサー・カーリング・ジュリアンには娘がいると言わなかったか？」

「ええ」ラフィークは一度会った女性を思い浮かべた。「エリザベス・カーリング」

サー・ジュリアンに好意は持てなかったが、娘は別だ。エリザベスはラフィークが女性に求めるすべてを備えていた。富、美貌、後ろ盾。それでもときめきは感じなかった。ティファニーのときのようには——ああいう野獣じみた狂気がときめきと呼べるのであればだが。あれはまさに大火災だった。

ラフィークはうなずいた。「そうですね、ハーリドといい組み合わせかもしれません」

「リストに加えておきなさい」父がシャフィールに命じた。「ラフィークの話だと、彼女の父親は近いうちにカーリングホテルの建設予定地を視察に来られるそうだ。とにかく大富豪らしい」セリム王は長男にいたずらっぽい表情を向け、椅子の背に寄りかかった。「そのときレディ・カーリングとご息女も招待することにしよう」

ハーリドが父を睨《にら》みつけると同時に、若い秘書が不安な面持ちで戸口に現れた。「ピラミッド石油の最高経営責任者《CEO》がいらしていますが、どういたしましょう?」

「よかったな。でなけりゃおまえを殺したところだ」兄のつぶやきに、ラフィークは笑い声をあげた。「兄さんの話のおかげで、こっちはプレッシャーが軽くなった。感謝するよ」

ハーリドがうんざりと鼻を鳴らした。

ラフィークは笑みを貼《は》りつけたまま、若い秘書を振り返った。「ミス・ターナー、五分待ってもらってくれ——それでこっちの話は終わる」

ティファニーは真昼のダーハラの、乾いた熱気の中にタクシーから降りたった。スパイシーな砂漠独特の熱風が体に絡みつく。目の前に、王立ダーハラ銀行が高くそびえていた。ここまで胃の中で舞っていた無数の蝶《ちょう》が本格的に羽ばたきを増す。

金縁の名刺から、大物なのはわかっていた。王立ダーハラ銀行頭取。けれどここまでとは。

でも来るしかなかったんだから。内心の不安を医師が裏付けた瞬間から、取るべき道に迷いはなかった。それでもラフィークの職場という物理的現実に直面し、彼との再会を間近にすると、手のひらがじっとり汗ばんで心臓が大きな音をたてる。

運転手に支払いを済ませると、やはり先にホテルにチェックインを済ませたのは正解だったと思った。そして髪にしっかりとスカーフを巻き直し、制服警備員の前を抜けてガラスの扉に向かった。

中に入ると、円形の黒い大理石の受付カウンターに、黒っぽいスーツで頭に白いかぶりものをした髭《ひげ》のない若者が立っていた。ティファニーは彼に近づき、意を決して告げた。「お約束があるの」

目の前のコンピュータ画面を見ながら、彼の眉間《みけん》に皺《しわ》が寄る。ないのはわかっている。彼の捜している面会予定など、どこにも。ついに首が横に振れた。

けれどもここまで来て、引き返せない。ティファニーは断固、踵を返すのを拒んだ。

「ラフィーク・アル・ダーハラに電話をして」名刺で覚えた名がまるで呪文《じゅもん》のように若い男から驚きの表情を引きだした。「ティファニー・スミスが会いに来ていると」持ち前の自尊心を一つ残らずかき集める。「確かめもせずにわたしを追い返せば、あとで彼の不興を買うんじゃないかしら」

嘘も方便。ラフィークには面会を拒まれる可能性のほうが高い。たとえ話し合いに同意しても、喜んで迎えてくれるとは思えない。

でも銀行の職員はそこまで知らなくていい。

ティファニーは待った。ややもすればひっくり返りそうな奇妙な状態の胃の前で腕を組んで。

若者が電話を取り上げて、何かしらアラビア語で

告げた。話が終わったとき、その表情は一変してい
た。「シークはお会いになるそうです」
シーク？
嘘。このときばかりは、胃がはっきりと一回転し
た。「シーク？」急いできき返す。「彼はてっきり
――」突如頭が真っ白になりながらも、あの名刺の
印象的な肩書きをなんとか探り出した。「王立ダー
ハラ銀行の頭取だと」
奇妙な表情が返ってきた。「当行は王室所有です」
「それがラフィークとどういう関係が？」
職員はその呼び方に目をぱちくりさせて、答えた。
「シークは王室の一員でいらっしゃいます」
ティファニーが〝王室〟と小声で繰り返す間もな
く、受付カウンターの左横にあるエレベーターのド
アが開き、ラフィーク本人が降りてきた。
その顔は記憶以上に高貴に見えた。瞳の色もさら
に濃く、頬骨も貴族的だ。シーク？　王族？　確か
にこのうだるような暑さの中でも、ぱりっとした保
守的な白いシャツに黒っぽいスーツという出《い》で立《た》ち
にその片鱗《へんりん》は見てとれる。それでも頭にターバンは
なく、髪が黒鷹《たか》の羽のように輝いている。来る前に
しっかりと自己分析をしてきたはずだが、いざ向き
合うと、ひと言も言葉が見つからなかった。
そして結局、意味のない言葉を口にした。
「ハイ」
「ティファニー」
スフィンクスのようなまなざしに驚きは見えなか
った。あのとき、もう会うつもりはないと言い切っ
たのに。絶対に。彼の前でティファニーは落ち着き
なく体を動かした。予想していた苛立《いらだ》ちは返ってこ
なかった。彼は例のごとく、無表情なだけ。以前と
同じ高さの冷淡という壁を張り巡らせているだけ。
ラフィークが頭を下げた。「こっちへ」
香港《ホンコン》のあの一夜がなければ、彼のよそよしさに

崩れる瞬間があるなど思いもしなかっただろう。

あの夜……

あの天変地異のような天国と地獄、喜びと屈辱を思い出すと、今でも身震いを感じる。

何があろうと彼に連絡することはないと思っていた。何があろうと。でも違っていた。ティファニーは腹部に手を当てた。

子供が……。

ラフィークに促されるままエレベーターに乗り込む。思いがけず、エレベーターが上昇ではなく下降を始めた。胃の中がざわつきだす。ティファニーはぐっと歯を食いしばった。ほどなくドアが開くと、そこは煌々《こうこう》と明かりの灯《とも》る駐車スペースで、黒いメルセデスベンツが待ちかまえていた。ラフィークが後部座席のドアを開けた。

ティファニーはためらった。「どこへ――?」

彼の黒いまなざしは瞼《まぶた》に伏せられていた。「ここにはプライバシーがない」

わたしを見られたら困るということね。

多少の不安はあったものの、ティファニーは背筋を伸ばして革張りの後部座席に乗り込んだ。

子供のために来たのよ。自分のためじゃない。ラフィークのためでもない。お腹《なか》の子供のため。

ここで不安に負けるわけにはいかない。

娘のために、ラフィークと会いたくないという自我も捨てた。子供のために、彼との関係を保つことにしたのだ。娘には父親を知る権利がある。子供を父親にさらわれ、隠されてしまうかもしれないなんて妄想に囚《とら》われてばかりもいられない。

彼はビジネスマンだ。英国とアメリカで教育を受けたとも言っていた。大銀行のトップも務めている。たとえ血縁関係で得た地位だとしても、彼も、王室も、赤ん坊を母親から引き離して沸き起こる国際世論は無視できないだろう。

沈黙が重苦しかった。十五分後メルセデスが滑らかに停止し、後部ドアが開いた。ラフィークの手が肘《ひじ》を取る。これはエスコートのため？　それとも逃げられないようにするため？　ティファニーには判別がつかなかった。彼と一緒に階段を駆け上がると、巨大な木の玄関扉の両脇《りょうわき》にそびえる石柱の前に赤いベレーをかぶった警備員がふたり、立っているのが目に入った。扉が奥に向かって開くと、そこには丸天井のエントランスホールが広がっていた。

ティファニーは目を丸くして周囲を見まわした。大邸宅はさまざま見てきたが、この場所はただ豪華という形容には収まりきらない。「ここはどこ？」

「僕の家だ」

ペルシャ絨毯《じゅうたん》が敷かれた格調高い黒っぽい木の床、紺色の壁に掛かったオリジナル絵画。うっとりとしそうになる心を振り払って、ティファニーはラフィークに注意を向けた。「話せる場所はある？」

彼の唇がよじれ、目に何かが光った。「話す？　僕たちの最善のコミュニケーションは別のやり方だっただろう？　君が来たのもそのためだと思うが」

思い出させないで。

ティファニーは唇を固く結んだ。「わたしは話があるの」

「君との話はいつも金銭絡みだ」ユーモアは消え、彼は考え込むような表情を向けた。

わかってはいたものの、その言葉にとどめを刺された。彼はわたしを最悪の類《たぐ》いの女だと思っている。このうえ自分の子を身ごもっていると知ったら、何て言うだろう？　悪い予感に背筋が冷たくなった。

「お金のためにわざわざこんなところまで来ない」

「それを聞いてほっとしたよ」

ラフィークは年代物の重厚なタペストリーがいくつも掛かったホールを進んでいった。歩調を緩めてじっくりと鑑賞したい欲求を堪《こら》え、ティファニーも今さらラフィーク・アル・ダーハラの反応で、ここまで来た決意を悔やみたくはない。

ラフィークがドアを押し開け、先に入るようにと促した。ティファニーはいかにも男性の部屋らしい本棚のずらりと並んだ部屋に入った。彼の部屋。ティファニーは気力が挫《くじ》ける前に、一つ大きく深呼吸してからくるりと彼と向き合った。

「妊娠したの」そして告げた。

ラフィークは黙り込み、その目は何も表さないただの暗く細い切れ目となった。

突如として、香港でかいま見た危険な男が、礼儀正しくて魅力的な薄板の下に潜んでいた男が、表に姿を現していた。

「避妊具を使った」彼は静かに言った。

ティファニーは力無く両手を広げてみせた。「欠陥品だったみたい」

「欠陥品と知っていたのか？」


続く。

「今のところは判断は保留としよう」彼が言った。

「どのみち話とやらを聞けば、はっきりする」

信じていないわけね。お金の話だと思っている。

「あなたから借りた分の小切手は送ったわ」ティファニーは言った。彼に借りは作りたくなかった。

「そうか」

「送ったのは先週よ」本当はもっと早く送るつもりだった。けれども妊娠の衝撃で、すっかり忘れていたのだ。でも今は、わざわざ来ないで、電話で済ませればよかったと真剣に思いはじめている。

でも自分が決めたことだから。直接知らせたいと思った。何千キロメートルも離れた場所からの電話では、彼の表情の微妙な変化は読み取れない。ましてやEメールなら、ごみ箱入りにもなりかねない。

大切な問題だ。子供の人生が、子供と父親との関係がこの話の成り行きにかかっている。

「何が言いたいの？」

「最初からそう仕組んだのかと」

「どうやって？」怒りが先に立った。「ちゃんと包装されていたじゃない！」

「ピンで刺せば、一見ではわからない」

「どうかしているわ」

彼の口元が引きしまった。「口の利き方には気をつけろ」

ティファニーはしきりに前歯で下唇を噛《か》んだ。彼の視線がいったん口元に落ちてから、再度目元に戻ってくる。「いくらほしい？」

ティファニーは耳を疑い、彼を見つめた。口元を引きしめたまま、瞬《まばた》きもせずにこちらを見ている。弱気めいたものはいっさい感じられなかった。子供に会わずに済むように、お金を払うと？

そんな人だったの？

ティファニーは敗北感に襲われ、目をそらした。


少なくともこれで、やるべきことはやった。いつか娘に父親は誰かときかれたら、教えてやれる。シークだろうが、砂漠の王族だろうが、気の毒な人だ……自分の子供を知る機会すらなくすなんて。

「僕がばかだった」

ティファニーははっと彼に目を戻した。アンティークのデスクの奥で髪をかき上げている。黒髪が、頭上の明かりでシルクのように輝いていた。

耐えきれず、ティファニーは目を閉じた。

ばかだった？　だからどうだと？

「言い訳は通じないな。詐欺の手口はわかっていた。まずは小金から始めて、引っかかったばかがあとに引けなくなったのを見計らって、額を増やす」

彼の話がわかるにつれ、口がぽかんと開いた。

「本気でわたしがあなたを脅すためにここに来たと思っているの？」守るように腹部に手を添えた。

「我が子の父親をわたしが脅す？」

彼の視線がまだ平らな腹部に飛び、そこから目まで上がったところで止まった。闇《やみ》。無情。憤り。侮蔑《ぶべつ》のじりじりとした熱気が伝わってくる。「うんざりだ。子供がいるなど信じられるわけがない」

ラフィークは——。

ティファニーは打ち消すように首を横に振った。

「わたしがあなたを脅すためにここまで来たと本気で思っているのね」

彼が片方の眉を跳ね上げた。「違うとでも？」

「違うわ！」

「君には前歴がある、信じるのは無理な話だ」

何を言っても無駄。ティファニーはずきずきするこめかみに指先を当てた。ああ、どうしてここに来るべきだなんて思ったりしたんだろう？　彼は子供のことなど考えてもいない。保身しか頭にない。娘のためになるものはここには何もない。

ティファニーは背を向けて歩きだした。

「どこへ行く？」

「ホテルよ。わたしは妊婦なの。長いフライトで疲れたわ。足も痛い。シャワーと休息が必要よ」抑揚のない乾いた口調で理由を並べたてる。

ラフィークがデスクの奥からわずか二歩で追いついた。目の前に立ちはだかり、腕を組む。「君にはここにいてもらう」

ティファニーは首を横に振った。「ここには泊まれないわ」彼は男性だ——未婚の。非常識だ。「それに、もう荷物をホテルに置いてきたから」

ラフィークが歯を食いしばった。「君を一人でホテルに泊まらせるわけにはいかない。目の届くところにいてもらう。ホテルの名前を教えてくれ。君の荷物はここへ運ばせる」

「捕虜ってわけね」

「捕虜じゃない」彼が言い直した。「客人だ」

「ここに泊まるのはまずいんじゃない。もし——」

ラフィークが手をあげ、話を遮った。「叔母のリリーに来てもらう。父の弟の未亡人で、監視役としては最適だ。彼女の娘のザラは留学中でね。叔母も寂しい思いをしている。オーストラリア人だし、君と話も合うだろう。だが彼女を味方につけようとは考えるな。僕もそばを離れないつもりだ。今夜泊まったら、明日は僕が空港まで送り届ける」

彼の険しい表情を見て、ティファニーは背筋を伸ばした。わざわざ来たけれど、彼は妊娠したことすら信じなかった。今は疲れて言い争う気力もないけれど、ここでそんな姿を見せるわけにはいかない。弱気になったと思われるだけ。きっと明日には気力も快復するだろう。

でも少なくとも彼の家族に会えるチャンスができた。叔母さん。将来の父娘《おやこ》関係のためにも、その女性とできるだけいい関係を築こう。彼に襟首を掴まれて、この国から放《ほう》りだされる前に。

5

疲れているというのはあながち嘘《うそ》ではなかったようだ。その夜ティファニーは、ダイニングテーブルの向かいで、彼女の存在に好奇心ではち切れんばかりになっている叔母のリリーと並んで座っていても、ほとんど食事に手をつけようとしなかった。

目の下に隈《くま》ができている。その痛々しい紫色のくぼみにラフィークの心は引き寄せられた。その感情を名付けることだけは頑として拒みながらも。

そばにずらりと並ぶ皿も手つかずのままだった。ジューシーなラムの串焼《くしや》き。屋敷の厨房《ちゅうぼう》で丁寧に焼かれたパン。陶器の皿には炭火焼きの野菜。グラスのワインすら減っていない。上質のジャムなら食欲をそそりそうなものだが、そうはならなかった。

ついに叔母のリリーが黙っていられなくなった。

「うちの娘も今ロスの大学に通っているのよ。あなたも、ラフィークの留学中に知り合われたの？」

ティファニーより先にラフィークが答えた。「ティファニーとは仕事で知り合ったんですよ。近くに旅行で来たついでに寄ってくれただけで」叔母の好奇心を満たす返事ではなかったが、彼女もそれ以上は尋ねなかった。

「お疲れのようね」

「ええ」ティファニーがリリーに笑みを向けた。

「できればすぐに休みたいくらいです」

「夕食が済んだら、女性専用棟に案内するわ」

「ありがとうございます」

その弱々しい響きで、ラフィークはようやく頭の中のもやもやと向き合う気になった。さっきはひどい態度をとってしまった。叔母ですら、彼女が長旅で疲れていることに気づいたのに。

恥ずかしさを感じたが、ラフィークはそれを冷酷に押しのけた。しかしほかにどんな態度が取れた？妊娠したという嘘を受け入れるのか？　口止め料に法外な金を支払う？

ありえない。

これが自分にできる唯一の道だった。彼女を銀行から引き離して、父や兄弟たちやスタッフと接触する可能性から引き離して、ここに連れてくることが。

妊娠？　ばかばかしい！　そんな策略に乗るものか。彼女は屋敷に封じ込めた。叔母とすら二人きりにさせるつもりはない。念のため、メイドの一人に二人から離れないようにと言いつけた。叔母は使用人の前では決して噂話《うわさばなし》はしない。

明日になれば、彼女は出ていく。自ら空港まで送り届けるつもりだ。悔いは残したくない。ティファニーは、以前信じ込まされたような罪のない人間ではない。すでに一度金を騙《だま》し取られている。

彼女を星空の下に連れだし、抱いたのが決定的な過ちだった。ここで気を緩めれば――それを一生利用してくるだろう。

彼女があの柔らかな手と甘い魔物のようなキスで作りあげる監獄にとらえられるつもりはない。

そのときティファニーが叔母に話しかけているのに気づいた。はっとして、神経を集中させる。

「お嬢さんがいらっしゃらなくてお寂しいでしょう」ティファニーが言った。

リリーがうなずいた。「でも、休暇には会いに行くつもりよ。娘も自立したい年頃《としごろ》だから」

「お母さんに認めてもらえるなんて、彼女は運がいいわ」

「もちろん娘のことは心配よ。少し前に辛《つら》い恋愛を経験したばかりだし」

ここまでだ！　これ以上あれこれ尋問されて、そっとしておきたい苦悩まで掘り起こされたくない。

「ワインは？」ラフィークはティファニーに向かってぞんざいに言った。

ティファニーは首を横に振った。「遠慮するわ」そして叔母に向き直った。「ほかにお子さんは？」

「いいえ、ザラだけ」

「わたしも一人っ子なんです」

「そうなの？　ザラがこの場にいなくて残念だわ。きっとあなたと意気投合したでしょうに」

ラフィークは目を狭めた。もしティファニーが家族を脅かす気配を見せたら、目にものを見せてやる。

「わたしもお会いしたかったわ」

心からの声に聞こえた。叔母が顔を輝かせた。「ラフィークの腕に手を置く。「あなたのお父さまや兄たちにもティファニーを紹介したらどう？」

「わたしはうれしいですけど――」

ラフィークが射るような目で災いの元となった女

性の言葉を遮った。「ティファニーは長く滞在できないんですよ」有無を言わせぬ口調で告げる。

リリーが落胆の表情を見せる。「あら、残念」

ティファニーの見せかけのしとやかさにもっと注意を払っておくべきだった。そうしたら家族の誰かに紹介するような真似《まね》はしなかったのに。

「彼女は明日、出国しますから」

リリーと、ミナと呼ばれる小太りなメイドが案内してくれた寝室はきらびやかで豪華だった。白いリネンで覆われた背の高いベッドを囲むように薄い金色のカーテンが揺れ、木の床には凝った模様の美しい手織り絨毯《じゅうたん》が敷かれている。奥のよろい戸が開け放たれ、ラウンジチェアーに囲まれたプール付きの中庭が見えていた。プール脇《わき》にある段状の噴水から出迎えるように静かな水音が聞こえてくる。

まるでどこか遠くの別世界に迷い込んだみたい。

一人で。ティファニーはしわくちゃになった服を脱いでネグリジェに着替えた。頭がぼうっとして、混乱して、かすかに吐き気もする。時差ぼけの極端な形だろうか。

開いたドアから跳ねるいるかの描かれた巨大なバスタブが見えたところで、どっと疲労が押し寄せた。ティファニーは重い足を引きずるように大きなバスルームに向かい、歯を磨いて、柔らかなシーツの間によじ登り、そこで眠りに引き込まれた。

次に意識が戻ったのは、大きなノック音で目を覚ましたときだった。次の瞬間にはドアが押し開けられていた。

ティファニーは深い眠りから引きずりだされて茫《ぼう》然《ぜん》としたまま、カバーを顎まで引き上げてベッドに身を起こした。

「いったい何の用?」戸口に現れた男に尋ねる。

「どのメイドが起こしても起きなかったらしい」ど

ういうものであったにせよ、ドアが開いたときラフィークの目に光っていた感情は静まっていた。

「疲れていたの」ティファニーは弁解するように言った。「昨夜《ゆうべ》話したでしょう」

「もう遅い」彼が腕時計に目をやった。「十一時だ。てっきり姿を消したものと――」突如言葉を切る。

十一時という言葉しか聞いていなかった。「まさかそんな時間のはずがないわ」

ラフィークが歩み寄り、腕の四角いカルティエを大げさに示した。「見ろ」

革バンドの下の手首は日に焼け、しなやかでたくましかった。いやだ、わたしったらまた彼の虜《とりこ》になったの？

「信じるわ」ティファニーは慌てて口走ると、顎まで持ち上げたベッドカバーを握りしめた。もうすっかり恒例となった朝の悪阻《つわり》が始まっている。

「出ていってくれる？」

だが手遅れだった。ティファニーはベッドを飛びだして、備え付けのバスルームに飛び込んだ。苦しいほど、惨めなほど気持ちが悪かった。

ようやく顔を上げたところで、ラフィークが白いタオルを手に隣に立っているのに気づいてびくりとした。ティファニーはタオルを受け取って顔を拭《ふ》いた。冷たく濡《ぬ》れた感触が心地よかった。

「ありがとう」小声でつぶやく。このときの〝ありがとう〟に感謝の念はなかった。

「ひどい顔色だ。よくないな。医者を呼ぼう」彼がいつもの獲物を追うような滑らかな足取りでドアに向かった。

「やめて」ティファニーは言った。

ラフィークがドアの手前で立ち止まる。

「体はどこも悪くないわ」苦笑いを向けた。

「食事のせいかもしれない」彼は大きく二歩で隣に戻ってきた。「抗生物質が必要だろう」

「抗生物質はだめ！」赤ん坊によくない。「妊婦には普通のことよ」

ラフィークが両手で肩を抱いた。「こんなときに、でまかせはよせ」

「だから本当なの。目の前で見たことも信じられないなんて鈍すぎる」ティファニーは指で彼の胸を突いた。びくともしないどころか、逆にビジネスシャツの下のたくましい体を意識させられる。一緒に過ごした夜はひと晩中、この体に……。

ティファニーは、はっと指を引っ込めた。

「僕は鈍くない」ラフィークがうなった。「君が騙《だま》していることぐらい、お見通しだ」

その勝ち誇った口調にティファニーは思わずかっとなった。「あきれて声も出ないわ！」

ティファニーは彼の手を振り払って、寝室に戻った。化粧テーブルからバッグをつかみ、ベッドの上で引っくり返して散らばったものを手探りする。そして小さなフレームに入った白黒の写真を見つけると、振り返ってラフィークの目の前にかざした。

「見て」

「これは？」

わからない？　鈍感なうえに目も悪いの？

「あなたの娘の写真よ」

「僕の娘？」そのときばかりはいつもの冷静さも吹き飛んだ。「僕に娘はいない」

ティファニーは彼の手にその写真を押しつけた。

「超音波画像よ。わたしの子供の――」わたしたちの子供の。「先週撮ったの。わかる？　ほらここが頭で、お尻、腕。あなたの娘よ」

ラフィークの表情が変わった。ようやく顔を上げたとき、その目は衝撃で生気を失っていた。

「君は本当に妊娠しているのか」

6

「いいえ、わたしは騙《だま》しているだけよ。忘れた？」

ラフィークはティファニーを睨《にら》みつけた。笑えない軽口だ。それどころか棘《とげ》を感じる。ラフィークは足元が揺らぐのを感じながら、写真を握りしめた。

「なぜ女の子だと？　もうわかるのか？」

ティファニーはまるでキスを求められでもしたように軽蔑《けいべつ》のまなざしを向けた。「直感よ」

直感？　そのばかげた返答で我に返り、先の質問は打ち切った。自分のめでたさにうんざりする。こうもやすやすと手玉に取られるとは。

「僕が信じると思うのか？」ラフィークは写真を押し戻した。「これは別の男の子供かもしれない」

ティファニーが大事そうに小さな画像を手で包んだ。バッグに入れ、それを元の化粧テーブルに戻す。引き返しながら彼女は告げた。「医師にはおおよその受胎時期が推定できる——」

「だが特定はできない。確かに君はあの日の近辺で妊娠したのだろう」いったん言葉を切って向き合う。「だが僕の子供とは限らない」ラフィークは鼻であしらうように言った。「それにあまり貞潔とは言えない状況だったしね」

瞳に浮かぶ金色の斑点《はんてん》が曇った。「〈ルクラブ〉に行ったのはあの夜が初めてだと言ったはずよ」

「僕は君を知らない」ラフィークは肩をすくめた。

「それが真実だと、誰に証明できる？」

ティファニーの頬が紅潮し、瞳の金色が燃え上がった。突如生き生きと輝きだす。ラフィークは両《りょう》脇《わき》で拳《こぶし》を握りしめ、伸ばしそうになる手を押しとどめた。「ＤＮＡ鑑定なしでは一ドルも払えない」

「わたしがいつ一ドルほしいと言った？」ティファニーが問い返した。目にはどういうわけか怒りらしきものがきらめいている。思わず見とれずにはいられない華麗な怒りが。

「いずれもっと高額を要求するつもりだと思うが」

「つまり他人は信用できないってこと？」

「あまりね」ラフィークは正直に言った。「僕のように裕福な環境で育てば、常に何かしらの企てを持つ人間に囲まれる。次から次へとね」

「近づいてくる人間はみんな下心を持っている？」

ラフィークは肩をすくめた。「慣れたよ」

彼女のまなざしに何かしらの響きが感じられた。まるでラフィークの気持ちを理解したような、共感したような。そんなわけがない。香港《ホンコン》の裏通りで――僕の世界に見識がある人間には縁遠いとしか思えない場所で、出会った女性だ。

ラフィークは大きく開けたままにしておいた寝室のドアに戻る途中で足を止めた。「なるべく早急にDNA鑑定を手配しよう」その結果が出れば、この茶番劇に終止符を打てる。

「でもわたしを空港に送るつもりだったんじゃ？」

ラフィークは目を狭めた。ティファニーはやけに動揺している。「君がダーハラに長く滞在することはない。お腹《なか》の子が僕の子でない確証を得たら、すぐに飛行機に乗せてやる。それで一生、この脅迫は僕に通じないからそのつもりで」

週に一度、ラフィークはダーハラの七つ星ホテルで兄のハーリドと朝食をとっていた。この砂漠の王国を政治的かつ経済的に繁栄させることに心血を注ぐ兄弟に、話題が尽きることはない。だがラフィークは昨日の口論のあと、急遽《きゅうきょ》手配した自分とティファニーのDNA鑑定の件で頭がいっぱいだった。

そして思わず兄に尋ねていた。「ハーリド、もし父上のリストにない女性を妊娠させたら、どうなるか考えたことはあるか？」

驚きのあまり、兄の口がぽかんと開いた。兄は周囲を見まわして声を落とした。「僕は妊娠させないよう、細心の注意を払っている」

それはラフィークも同じだ。それでもだめだった。愚かだった。「だがもしも」ラフィークは空の皿を脇《わき》にやって、念を押した。「そうなったら？」

ハーリドはうろたえた。「どうかな。断言できるのは、中絶は問題外ってことぐらいだ。あとは状況による。相手が結婚にふさわしい女性かどうか」

ふさわしい、か。ティファニーに出会った夜のことを思うと虫酸《むしず》が走る。世界中捜しても、彼女ほどふさわしくない女性はいないだろう。「そうだな」

しかも自分の問題もある。

「これまで」兄はそこで言葉を切り、白服のウエイターが濃厚で香り高いコーヒーを注《つ》いで立ち去るのを待った。「我が一族に私生児は存在しなかった。そのこともある。私生児を作るくらいなら、ふさわしくない相手と結婚したほうがまだましだろう」ハーリドは考え込んだ。「義務を遂行するのにふさわしい妻なら、あとからいつでも見つけられる」

これまでラフィークにとって、ティファニーとの結婚は選択肢になかった。コーヒーをすすりながら、ふと別の案が頭に浮かんだ。「結婚がありなら、離婚もありか」

ハーリドは眉をひそめた。「最後の手段としてね。統治者が離婚するのは一般的ではない」

兄はわかっていないが、今は兄の話をしているわけではない。僕のことだ。そして僕は王位継承者ではない。同じ非難にはさらされない。

離婚を前提に子供を合法化するためだけに結婚しようか……お腹の子が自分の子と判明したなら。

ラフィークはカップを置くと、糊《のり》の利いた袖口《そでぐち》を弾《はじ》いてカルティエの時計を見た。時間だ。ティファニーが迎えを待っている。「遅くなった。今日は約束がある——僕はもう行くよ」

「離婚したら——仮に子供が男の子なら、母親と引き離すしかない」ハーリドが思案げに言った。

ラフィークが足を止め、兄を振り返った。それは当然だろう。「ありがとう」

困惑して首を振るハーリドを残し、ラフィークは軽やかにレストランを出た。一見乗り越えがたく思える問題も、意外と簡単な方法で解決するものだ。


医師のオフィスは意外なほど近代的だった。ガラスのデスクは真っ白な壁と揃《そろ》いになっていて、壁に掛けられたいくつもの花の絵が現代的な印象をかもしだしている。来る前に想像していたような重厚な家具は何一つない。しかも驚いたことに、医師は女性だった。しかしよくよく考えてみれば、驚くことではないかもしれない。ダーハラの男性は、できれば妻を女医に診せたがるということだろう。

けれど今ティファニーの胸をわしづかみにしたのは、その医師の言葉だった。ティファニーは髪が顔を打ちつけるほど激しく頭を振り、ラフィークを振り返った。「わたしは同意できない」

ラフィークはファルーク医師ににっこりとほほ笑んだ。「少しふたりで話しても?」

医師は立ち上がった。「もちろんですわ。隣の部屋におります。何かあればお声をかけてください」

彼がほんの少し言葉をかけてほほ笑んだだけで、これ? 自分のオフィスまで明け渡す? ティファニーは彼の権力を改めて思い知らされた気がした。ラフィークが自分の思い通りにならないことがあるのを信じられないのも無理はない。

「手術の同意書にはサインできないわ」ティファニーはデスクの上の書類を示した。

ラフィークが手で髪をかき上げ、完璧《かんぺき》な髪型を崩した。「僕は鑑定の辱めを受ける覚悟を決めた——なのにどうして君が協力できない？」

「あなたは頬の内側を綿棒でこするだけじゃない」ティファニーは鼻を鳴らした。「何でもないことだわ。これがただのDNA鑑定なら、わたしだって何も言わない。でもさっきの説明を聞いた？ お腹の子のDNAを採取するのは簡単じゃないのよ」

医師はふたりに選択を委《ゆだ》ねた。お腹の子のDNAを採取するには外科的処置が必要になる。ティファニーはまだわずか妊娠十週で、羊水穿刺《せんし》は行えない。その代わりに細い針を子宮頸《けい》から入れ、子宮壁から小さな組織を取るというのだ。この子のような、医師が絨毛膜絨毛《じゅうもう》と呼ぶ組織は、ラフィークの精子で受精した卵子から生まれたものだ。

「どう言おうと、わたしの気持ちは変わらないわ」

「無茶を言わないでくれ——」

「無茶？ あなた、医師の言葉を聞いたでしょう？ 赤ちゃんにリスクがあるのよ」

彼が手を振った。「ごくわずかな確率だ」

「流産の確率なんて、たとえ一パーセントでも耐えられない」

ラフィークの眉が目の上で太い一文字をかたどり、彼の顔をひどく恐ろしい形相に見せた。「ほかにその子が僕の子かどうかわかる方法があるのか？」

心臓が肋骨《ろっこつ》に激しく叩《たた》きつけていることを知られまいと、ティファニーも彼を睨みつけた。「あなた、本当はお腹の子を危険にさらしたいんじゃない？ 父親としての責任を逃れられるように」

「そうじゃない——」

「いいえ、そうよ」ティファニーは目をそむけた。「だって赤ちゃんが生まれるまで待ってもいいわけじゃない。そうすれば必要な鑑定もできるんだし。でもそうしないのは、これが偉大なシークにふさわしくないことだから。だからあなたはあえて赤ちゃんの命を危険にさらそうとしているの。そんなこと、わたしがさせない！」

「君は指図できる立場にない」彼の声が間近で聞こえた。

「いいえ。わたしは同意書にサインはしない」

「そんなことをしたら、和解金を手に入れるチャンスをなくすぞ」

「わたしはお金がほしいんじゃない。ただ知ってほしかっただけ……」声がとぎれた。

どう説明すればいい？　わたしの子供時代は、父の度重なる浮気に翻弄《ほんろう》されて完璧と呼べるものではなかった。ラフィークは確かによそよそしいけれど、その点では信頼できそうな気がする。娘には父親を持たせてやりたい。ティファニーは腹部に指先をあてて、静かに言った。「いつかこの子も自分の父親が誰なのか知りたくなるわ。わたしはその権利を奪いたくないの」

「それは僕も同じだ。責任逃れのためにこんなことをしようとしているんじゃない」ラフィークが身を乗りだした。「いいか、子供が僕の子なら、その面倒は僕だってちゃんとみる」

「その？」その言葉の選び方で、彼との違いは明らかだ。「わたしの子供がどうして〝その〟なの。この子は人間よ。もっとずっと尊い存在だわ」

「だから鑑定をするんだろう。もし僕の子なら、最高の環境を与えてやれる」でも、この数分でその確信は薄れたと顔に書いてある。

「わたしを信じて」ティファニーは訴えたが、首を振るラフィークの目には明らかに煩わしげな光が宿っていた。だがティファニーは引き下がらなかった。これだけは譲れない。「だったら、あなたには子供が生まれるまで待ってもらうしかない」

ラフィークが立ち上がり、うろうろと歩きはじめた。「どちらも僕には受け入れがたい選択肢だ。僕は何としてでもお腹の子が僕の子ではないという確証がほしい。でないと君を国外に送りだせない」

「流産の危険は冒せないわ。たとえあなたでも無理強いはできないはずよ」そうよね？　わたしを出国できないようにすることもできないわよね？

それともできるの？　なんと言ってもここは彼の領土だ。ダーハラに来るまで、彼の力がここまでとは……国王の息子、シークだとは知らなかった。そしてそれを知ったときも、それならこの子を育てることに興味を示さないだろうと安堵《あんど》すら感じていた。

でも今は内心ひやりとしたものを感じている。この国の法律は彼の一族が作ったもの。ラフィークは何をしても法で裁かれることはない。わたしに望まない手術を無理やり受けさせることもできる？　ダーハラから出国できないようにさせることも？

不安の第一波が本格的な動揺に発展する前に、ラフィークが振り返った。その場にたたずむ。

ティファニーは改めて彼の立派さを実感した。険しい鷹《たか》のような顔立ち。オーダーメイドに違いないスーツ。磨き抜かれた靴。まるで雑誌の一ページのようだ。それでも、彼が説得しようとしていることが気に入らないことに変わりはない。

「わたしが」ティファニーは声のトーンをやわらげた。「パスポートを盗まれたと言ったときも、あなたは信じなかったわ。でもそれは事実だった」

「そして君は僕を脅した」

「あなたが勝手に思いこんでいるだけ」ティファニーは前髪を目元から払った。「そのお金だって、戻るとは思わなかったはずよ。でもわたしは全額返した。今、わたしは妊娠している――あなたはそれも嘘《うそ》だと思っていた。でもこうしてふたりで医師のところに来て、妊娠は事実とわかった」

「都合のいい話だ」

ティファニーは彼の皮肉を無視して続けた。「わたしが香港じゅうの男性と寝たと言うなら、自分にだって父親の可能性はあるわけでしょう」

その言葉も彼に響いたようすはなかった。いまだ鋭い疑いの目を向けている。「避妊具を使った」

「そりゃあ、あなたは避妊具さえ使えば確実だと信じたいでしょうけど」ティファニーは首を横に振った。「でも今度は違ったの。万が一ってこともあるのよ。医師が絨毛膜試料を採取するときだってそう、万が一の可能性はある」

しだいに気持ちが平静さを失った。彼に凝視されたまま、体重を左右の足に掛け直す。娘を危険にさらしても平気だということは、ひょっとすると彼は自分が望むような父親になれる人ではないのかもしれない。時折娘を預けることすらできない人かも。

自分の、そしてお腹の子のためにも、一刻も早くこの国を離れたほうがいいのかもしれない。

ラフィークはこの子を自分の子供とは思っていない。引き止める理由はないはず。心が決まると、内心の緊張もやわらぎはじめた。

「ダーハラを離れるわ。今日、できるだけ早い便で。こんな外科的手法に比べたら、生まれてきたあとに頬の内側から試料を採るなんてなんでもないことよ。それで解決。あとの話はそれまで延期ね」

けれども彼は喜ぶどころか、眉をひそめた。「どこへ行く？」

ラフィークの不安は、お腹の子の父親が自分だと判明したときに直面するスキャンダルを予測してのことだろう。ゴシップやスキャンダルがどういうものかはティファニーもわかっている——長年そういうものが渦巻く世界に生きてきた。乗り越える最善の手段は、おとなしくしていること。

「ニュージーランドの両親の家よ」ティファニーはそこで両親についてもう少し話そうか迷ったが、結局今はやめておくことにした。父はまだ居場所すらわからない。そういえば、オークランドの屋敷も近いうちにはなくなるはずだ。「やっぱり無理、オークランドの屋敷は母が売ることになっていたわ」

「ティファニー――」

憐《あわ》れみはいや。ティファニーは急いで続けた。

「子供の頃《ころ》よく訪れた静かな海辺の村があるの」何の悩みもなかった当時を思いだすと視界が曇る。あの頃はややこしいことは何もなくて、幸せだった。我が子に与えたいのはそんなこと。「そこへ行くわ」

ラフィークが喜んだようには見えなかった。「君は僕の家族に会いたいんじゃなかったのか。少なくとも叔母はそう思っている」

「そうだったわ。いえ、そうよ」ティファニーは慌てて訂正した。「娘の家族だもの。でもあなたは一刻も早くわたしにいなくなってほしいんでしょう？気が変わったの？」

彼がびくりとした。「なぜ今行く？　わざわざここまで来て。僕の子供ならどうするんだ？」

親としての義務を逃れるために、娘の生存そのものを危うくするような父親は必要ない。いいえ、どんな父親も必要ない。この子は父親なしで立派に育ててみせる。どんなことをしてでも、わたしは娘にとって最高の親になってみせる。

ラフィークが返事を待っていた。ティファニーは肩をすくめた。「気になる？」

彼の瞳の奥に怒りがともり、狂暴な深みを与えた。

「ああ、気になるね」

目算が狂ったことにティファニーは慌てた。「あなたは、赤ちゃんが生まれて、鑑定で自分の子だとはっきりしてから、娘の人生の一部になるかどうかを決めればいいじゃない」

「僕の子で間違いないんだな？」

闘争本能が揺らいだ。せっかくの決断も、彼のほんの少しの思いやりで台無しになる。

「僕の子を非嫡出子にはできない」彼がつぶやいた。「我が一族に非嫡出子の相続人は存在しない」彼の彫りの深い顔立ちが無表情に戻った。「だからお腹の子が僕の子かどうか、知る必要があった」

不安が高じて動揺になった。彼が気にしているのは子供のことじゃない。法的なことだけ。

「非嫡出子でもかまわないわ。それでも彼女を愛する人は現れる」彼女、とティファニーはわざとらしく強調した。「わたしはこの子を愛のない結婚生活に巻き込みたくないの」両親は大恋愛の末に結婚した。それでも彼らの結婚は戦場だった。父は耐えきれず、キャンディを目にした子供のように次々と女性たちに手を出した。

自分が結婚するときは、慎重に相手を選ぶつもりだ。優しい、普通の夫になれる人を。

「よし」彼に手首をつかまれた。

その指の力にティファニーは身を震わせた。「予約時間はここまで。この鑑定はもう受けない。話の続きは子供が生まれてからだ」

その前にわたしはお腹の子と一緒にこの国を、あなたの支配下を出る。ティファニーは彼の手を振り払って、立ち上がった。

「そうなると、今のところは僕の子だという君の言葉を信じるしかない」見つめる彼の顔は厳しかった。まるで何一つ見逃すまいとするように。「それが嘘なら、あとで悔やむことになるぞ」

「嘘なんてつくもの……」

熱い否定を彼が遮った。「子供が生まれる前に結婚するしか、僕たちに選択肢はない」

「結婚？」

ティファニーがまるで気のふれた人間でも見るように見つめてきた。

ひょっとしたらその通りなのかもしれない。ラフィークは彼女の驚きで丸くなった目を見て、苦笑いを堪《こら》えた。彼女はこれを名誉とは思わないのか？だがそれでも僕にはこれしか道はない。お腹の子が我が子と証明されれば、この国の法がもたらす有利性を駆使するつもりだ――結婚、離婚、子供の親権。

「あなたとは結婚しないわ」

まるでいやで仕方がない男を前にしたように、ティファニーは鼻を鳴らした。ラフィークは離れようとする彼女の指をつかみ、低い声で言った。「幸運に思うんだな。僕と結婚したがる女性は大勢いる」

ティファニーはいったん口を開け、すぐに閉じて奇妙な音をもらした。

ラフィークは彼女に身を寄せた。ふんわりとそそるような香水の香りに包まれる。「まだ自分はほかの女性と違うとでも言うのか、ティファニー？」

彼女の目がはっとしたように光った。前回そう断言したあとに起きたことを思いだしたのだろう。結局、あのとき彼女に自分の魅力を認めさせたいと思った気持ちが、今回のこの脅迫に繋《つな》がったのだ。

ラフィークの記憶に彼女の味がよみがえった……柔らかな肌の感触も……あの燃えるような心地よい夜に起きたことすべてを。

あらがいがたい女性だ。

またキスをしたくなっているのに気づいて、そっと自分に毒づいた。「ティファニー……」

ラフィークは立ち上がり、彼女の肩に両手を置いた。手から震えが伝わってきた。

ティファニーは払いのけなかった。そこでさらに引き寄せた。彼女のほのかな芳しい香りを吸い込む。甘い芳香に感覚を満たされて、待ちきれなくなった。

ティファニーへのキスは、芳しいくちなしの花と緑の生い茂る秘密のオアシスを再発見するようなものだった。自分がこれほど強く彼女を求めていたとは。それに気づいた瞬間には、溺《おぼ》れていた。

目を閉じ、じっくりとその口の柔らかさを確認する。キスが終わった瞬間に、またも彼女の口への思慕がこみ上げる。その衝動を行動に移したとたん、彼女に振り払われた。

「おいおい」ラフィークは振り払った反動でよろめく彼女を支えた。「じっとして」

「わたしはこんなこと求めていない！」

ラフィークは彼女をなだめたい衝動を抑え、不安な表情を浮かべてみせた。「未来の配偶者とキスを楽しんではいけないのか？」

ティファニーは首を横に振った。「問題はそこ。わたしたちは結婚しないもの」

ラフィークは押し寄せる苛立《いらだ》ちを笑みで覆い隠した。彼女がほしかった。抱くつもりだ――結婚したらすぐ。飽きるまで抱いて、それから切り捨てる。だがそこまで彼女に告げることはない。

「遊んでいるわけじゃないんだ、ティファニー。結婚はここで手に入る最高の褒美だろう。目的は強請《ゆすり》でも金銭でもないと言ったな？　だったらあとは結婚しか残っていない」ラフィークは唇を歪《ゆが》めた。「これで君の望みはすべて叶《かな》うわけだ」

「わたしはあなたとの結婚なんて望んでない！」

「それじゃあほかの誰かと結婚したいからここに来たと？」意地の悪い逆襲に沈黙が返った。ラフィークは目を狭めた。光速並みの視線が拳を握る細い指とそれとなく挑戦的な目をとらえる。

ほかに誰かいるのか。

所有欲の炎がうねりを上げて押し寄せた。僕のものだ、永遠に。ラフィークは彼女を引き寄せると、波打つ髪に両手を絡ませて荒々しく唇を奪った。

彼女の体に微妙な震えが走るのがわかった。太ももが彼女の太ももの間に滑り込み、ヒップがぴたりと固定されている。彼女のうっとりとした香りと味がラフィークの感覚を満たし、舌が舞い踊る。

彼女のすべてを強く感じた。彼女だけだった。ほかの存在は薄れていった。

深く溺《おぼ》れ、もはや意志を通すことも、この問題を抑えることも、オフィスに戻ってきたファルーク医師に目撃されるかもしれないということも、どうでもよくなった。問題はティファニー……それと僕。

そして彼女が結婚するかどうか。僕だけと。

ラフィークは唇を離し、震える手で彼女の上半身を押しやった。「いいな」彼は念を押した。「もうこういったことはほかの男とするんじゃない」

「いやよ」

ラフィークはとまどい、首を横に振った。彼女のこんな顔は想像すらしたことがない。この切なげな表情、しかも僕に向けられたものでもない。ラフィークは彼を知る者なら誰もが気づくやり方で目を狭めた。「どこにいる？　君をたった一人で香港のバーに行かせた愚か者はどこにいるんだ？」

「まだいないわ」

「え？」ラフィークは足元をすくわれた気がした。「いない？」

「ええ、まだ」ティファニーは夢見るような表情を浮かべた。「でもいつかきっと現れる。でなかったら、何のためにわたしは生まれてきたの？　彼はどこかにいるわ。そうでなければ、ここまで愛を信じられるはずがない」そこで彼女の顔に陰がよぎった。「でもこれだけははっきり言える——彼はあなたとは似ても似つかない。こんなに疑《うたぐ》り深くて、人を信用できなくて、感情のかけらもない人とはね」

「それじゃあ、どんな男だと？」ラフィークは冷やかに言った。

瞳がしっとりとやわらいだ。「普通の人よ。有名でもお金持ちでもない。家も豪華で派手なものじゃなくて、外見も映画スターみたいじゃなくて——」

ラフィークは嫌味っぽく返した。「それはどうも」

「あなたのことじゃないわ。わたしは彼がどれだけ普通の人かを説明しているの。白い囲い柵《さく》のある家とふたりか三人の子供たち」

「それで彼の特徴は？」

「わたしを愛してくれること」ティファニーは簡潔に言った。「彼の世界ではわたしが一番。いいえ、わたし自身が彼の世界なの。だからあなたの華麗な環境なんて必要ない」

今胸に押し寄せている赤い波が嫉妬《しっと》のはずがないと思った。なんと、男が存在すらしないとは。信用できるのか？　ラフィークは彼女を睨みつけた。澄んだ、砂漠と太陽の光のような瞳がこちらを見つめている。胸に迫るものがあった。

ティファニーは真実を話している。彼女は僕を求めていない。求めているのは別の、僕が決してなりえない男だ。

7

DNA鑑定を巡る小競り合いはティファニーの勝利で終わったが、医師のオフィスを出てから運転手付きリムジンの後部座席を満たす緊張は、先で待つさらなる闘いを示唆していた。

ラフィークが沈黙を破り、インターコム越しに運転手にアラビア語で指示を告げた。

「歩こうか」メルセデスベンツが停止して後部ドアが開いたところで、ラフィークが言った。

ティファニーは彼に続いて車を降り、目の前に広がる公園の光景に息をのんだ。広々とした緑の芝生に高い木々が木陰を作り、奥にはばらの庭園も見える。「ここはどこ？」

「病院と大学の間の植物園だ。設計したのは僕の先祖でね。庭とばらを愛する女性だった」

「きれいだわ。青々としていて。砂漠とは思えないくらい」

「予想外の驚きは予想をしのぐ」

「ことわざ？」ティファニーは尋ねた。目と目が合い、一瞬ながら息の合った親密な空気が流れる。ラフィークが小さくほほ笑んだ。

「いや、オリジナルだ。よければ自分の言葉として使ってくれてもいい」

医師のオフィスからのひどい緊張がふっと緩んだ。ティファニーもほほ笑み返した。「でもほんとにロマンティックなところね」

「ここで夢の男を見つけようなんて思わないでくれよ」ラフィークの顔が引きしまった。「君は僕との結婚を受け入れたほうがいい」

ティファニーは唇を噛《か》んで足早に歩きながら、取るべき道を考えた。ラフィークとの結婚に比べたら、両親の結婚はディズニーランドの休日みたいなものだろう。それでも彼の顎の強《こわ》ばりが結婚を踏みとどまらせる。彼はお腹《なか》の子を自分の子だと信じたわけじゃない。非嫡出子の中傷を恐れているだけだ。

いつしかばら園に到着していた。薄いピンク色のばらの前で足を止める。隣にラフィークが並んだ。

「ラフィーク、冷静に考えて——」

「僕はきわめて冷静だ」彼が顎を上げ、とことん傲《ごう》慢《まん》な表情を向けた。

呆《あき》れて小さく笑い声がもれた。「あなたは自分の子だと信じてもいない」ティファニーは腹部に触れた。「それなのにわたしと結婚しようとしている。それのどこが冷静なの？」

「君は赤ん坊の父親を確認する検査を望まなかった。だから僕はそれを強制せず、僕の子だという君の言葉を受け入れて結婚することにした。君の提案どおり、真実を確かめるのは子供が生まれてからにしてね。それなのにどうして冷静じゃないと責められなきゃならないんだ？」

　ラフィークのわざとらしい被害者めいた表情に、ティファニーは奥歯を噛《か》みしめた。どうしてそこまで状況をねじまげてとらえるの？

　動揺をやわらげようと、すっと深呼吸をする。暖かなそよ風がばらの茂みを吹き抜け、漂う甘い香りが消耗した神経を慰めてくれた。「わたしはただ、お腹の子に父親を知る権利があるってことを確認したかったの。そしてあなたに娘を認める気があるかどうかを知りたかった――いつか娘があなたを捜したいと思ったときのために。大きくなったら」彼の眉が跳ね上がるのを見て、ティファニーは続けた。「父親が誰か、きっと知りたくなるだろうから」

　ラフィークは首を傾《かし》げた。「なるほど。いや、もっと早く気づくべきだった。君は認知のために来たのか。のちのち養育費の請求に必要な公的文書と」

「お金のために来たんじゃないってば！」ティファニーは地団駄を踏みそうだった。彼のエゴにじゃない。自分にでもない。娘に対して。

　ラフィークが両手を広げた。「もういい、ティファニー。結婚しよう。そして子供が生まれたらすぐに検査をしよう。もし僕の娘だったら、僕が支えていく。義務だからね」

　お金。義務。ラフィークのような男性が結婚する理由はそれ。そんなものはわたしの求める結婚じゃない。彼のような財産や地位の男性と結婚するつもりは毛頭ない。世間の注目を集めて暮らす負担は、両親の結婚生活で見てきている。両親の場合は王室ではなく芸能界で、しかも父にはこの人が持つほどの力もなかったけれど。

「結婚しても失敗に終わるだけよ」ティファニーは必死に反論した。

ラフィークは傲慢な人だ——父以上に。父は母を尊重することなく、感情を踏みにじりつづけた。生まれたときから王子として扱われてきたラフィークなら、そんなものでは済まないだろう。

彼と結婚するなんて愚かなまねは……

「失敗するわけないだろう」彼の眉間《みけん》の皺《しわ》が消えた。「それぞれが役割を果たす。結婚は務めと同じだ」

ティファニーはぎょっとして目を向けた。「あなたは結婚生活での自分の役割は果たすと?」つまり、父がしたようなことはしないと?

彼は一瞬ためらいながらも、にっこりと、ティファニーが不安でいっぱいにもかかわらず、思わず背筋に電流を感じてしまうほど魅力的な笑みを向けた。

「もちろん、全力で取り組むとも」

ああ、この笑み。彼がほしい。どうしようもないわ。体が勝手に反応するんだから。理性などおかまいなしに。「本気で言っている?」

ラフィークの目が穴があくほど見つめてきた。

「僕が信じられない?」

ティファニーは肩をすくめた。「何か意図が隠されている気がして」

「どうして?」

そうね。ただの気のせいかも。ティファニーは目をそらした。彼との結婚は子供のためになることなのかもしれない。でも大きな決断だわ——たぶん人生最大の。デニム姿に民族衣装もまじる、学生たちの集団が談笑しながら脇《わき》を通りすぎた。

ティファニーは深呼吸して、両親の悲惨な結婚生活について打ち明けようかと迷ったが、結局やめた。ラフィークが関心を持つはずもない。

意識を戻すと、いつしか彼が歩み寄っていた。目の前に立ちはだかる彼は、恐ろしく大きく見えた。

「僕には君と結婚する心づもりはできている。ティファニー、君は何を迷っている?」

感謝しろ。そう言われているように聞こえた。そこまで軽く見られていることに、ティファニーはかちんときた。「わたしはあなたが思っているような無名の女じゃないわ。父はテイラー・スミスよ」

彼は何の反応も見せなかった。やがて首を横に振った。「有名な人物なのか？」

「一部では、かなりね。映画監督なの」

「映画監督？」ラフィークが眉を片方跳ね上げた。「どの手の映画だい？」

「勘違いしないで、ポルノ映画じゃないから」作品は正当派でも、私生活は別。父にまつわるスキャンダルは、ラフィークのように高潔なタイプにはよしとされないだろう。「かなりの成功を収めているわ。『レガシー』は父の作品よ」ティファニーは二年前世界中で大ヒットした映画の名を上げた。ラフィークの目に認識の光がともった。

「その作品ならジェットの中で観《み》た――そう、二年ほど前だ」

「たぶん公開されてすぐの頃《ころ》ね」彼のさりげないジェットという言い回しに、きっと自家用機だろうと思った。ひょっとすると、彼の一族ならリアジェット機の航空隊すら所有しているかも！

「お父さんが成功して裕福なのに、どうして〈ルクラブ〉なんかで働いていた？」ラフィークが尋ねた。

ティファニーは視線をそらさずにじっと彼を見つめた。「バッグが盗まれたあと、家に電話をしたの。香港《ホンコン》であなたに会った前日よ。そこで父が母を捨てて別の女性の元に走ったと聞いたの」

ラフィークの顔に正体不明のさまざまな感情がよぎった。「さぞ衝撃だっただろう」

「ええ」ティファニーはうなずくと、じっとしていられなくてただ闇雲《やみくも》に満開のピンクのばらに手を伸ばした。花びらの滑らかさに触れていると、なんとなく心が落ち着く。「あのときはどうしようもなくて。自分の置かれた状況を説明して——送金を頼んだりしたら、母のストレスを増加させるだけだし。おまけに父は居場所もわからなかった。父のマネージャーに捜してもらうこともできなかったの。何せその彼女が父の相手だったから」

「だからか——」彼の言葉がとぎれた。

「だから？」ティファニーは目を上げて、促した。

彼のビターチョコレート色の瞳が黒に変わってぃた。「送金を誰にも頼めなかった」

「そのうち抜けだせたと思うわ」

「〈ルクラブ〉で……体を売って？」ラフィークが突如険しい顔で睨《にら》みつけてきた。

「よして。わたしはそんなことはしない！」

「わかった、おかしな言い方をして悪かった。だがこれで君が僕との結婚を渋る理由がわかったよ」

「どういう意味？」

「君は裏切りが怖くて、どんな男も信用しない」

ティファニーは怯《ひる》みそうになるのを堪《こら》えた。「ばかばかしい！　わたしがあなたのプロポーズに飛びつくのが当然だとでも？　考えもせずに結婚したがるはずだとでも？」彼の不機嫌そうな顔を見て、ティファニーは言った。「図星ね！　顔にそう書いてある。ラフィーク、あなたってどこまで傲慢なの」

黒っぽい眉が下がってきた。「だが、少し考えれば、これが最善の選択肢だってことはわかるはずだ」ラフィークは身を乗りだし、完璧《かんぺき》な薄ピンクの花を一輪折り取って、ティファニーに差しだした。「子供のことを考えるんだ。この方法なら、子供は両親揃《そろ》った状態で人生をスタートできる」

ティファニーは茎をぐっと握りしめ、顔を近づけて花の香をかいだ。

そう。ラフィークの言うとおり。お腹の子のことを考えないと。自分ではなく、子供にとってのベストな道を。自分の娘には父親ときちんとした関係を築く機会を与えてやりたい。自分自身は成長期に父と離れて過ごして築き損なったから。ラフィークならそれを可能にしてくれる。

ティファニーは顔を上げて、言った。「気持ちを整理するのに時間がほしいわ。少し考えさせて」

「今夜は会合が入っている。ひと晩なら返事を待とう」彼が向けた緩やかで信じられないほどセクシーな笑みに、胸がどきんとした。「だが用心しろ。どのみち君の反論はことごとく僕が握り潰《つぶ》すから」

メルセデスは屋敷の前庭を離れ、このあと予定される会議のために銀行に戻りはじめた。ラフィークはいつになく、ラップトップを広げて会議の準備にいそしむ代わりに、柔らかな革のヘッドレストに頭を預けて窓の外に目を向けた。

ティファニーは裕福な家庭の出身だった――後ろ盾もある。喜ぶべきことだ。将来の花嫁として父に紹介するのも楽になる。国王はレッドカーペット関連の関係を歓迎するかもしれない。それでもラフィークは秘密の宝物を、自分だけが価値を見いだしたと自負していたものを、誰かに奪われ、世間にさらされたような気がしてならなかった。

これでティファニーには、僕の財産を狙《ねら》う必要はなかったことがはっきりした。子供のためという理由を除けば、あえて結婚をする必要もないだろう。本人は特別結婚したいとも思っていない……。

最初は驚いた。そしてすべてが一変した。なぜなら僕が求めていたのだ。離れる気にはなれなかった――少なくとも今は。彼女の求めるおとぎばなしのような愛の概念とは関係なく。

このままでは終われない。彼女が火をつけた。存在することすら知らなかった情熱を目覚めさせた。次はその火を炎にして、情熱の嵐《あらし》を吹かせるのだ。

必ずティファニーと結婚する。

その決意の強さが我ながら意外だった。恋人に結婚を迫られ、父から挙式の日を決めるように求められるたび逃げだしていた自分がいったいどうしたというのだろう？　一生檻《おり》に閉じこめられる前に引き下がれと警告してきた分別の声はどこへ行った？

ひょっとすると今回は、最初から非常出口があったからだろうか。ラフィークは何を見るでもなくただ街の風景に目を向けた。ティファニーはそのことに気づいていた。だから結婚に取り組むという僕の言葉を疑った。ハーリドと話したあと、あれほど明らかに澄んで見えた結論が曇り始めている。

彼女に高められたこの欲望ゆえに。

こんな欲望は長続きしない。ラフィークはそう自分に言い聞かせた。赤ん坊が生まれる頃には、きっと尽きている。そうなれば、当初の計画を実行に移す。ＤＮＡ鑑定で子供が我が一族の血を引くと証明されれば、子供を引き取って離婚。それで義務は果たせる。子供は嫡出子だ。婚姻契約で、ティファニーにはそれ相応の額を渡すことにすればいい。

子供は僕が育てる。彼――そうラフィークは訂正した――はふさわしい学校に通わせ、いい教育と躾《しつけ》を身につけさせる。ティファニーの父親が裕福だというのは都合が悪いが、たとえ彼女の家族が親権を巡って法廷闘争を仕掛けても、こちらにはそれに勝つだけの資金も権力もある。しかし念のためにテイラー・スミスの経済状態と、何かしら弱みを持っていないか、すぐにでも調べさせることにしよう。

だがもし子供が僕の子でなかったら……？

メルセデスがゆっくりと銀行の地下駐車場に入っていった。それでもまだラフィークはラップトップを開き、スケジュール帳で予定を確認することもしなかった。ティファニーの件で頭がいっぱいだった。もしすべてが精巧な嘘《うそ》だったら、お腹の子が自分の子ではなかったら、とは考えたくもなかった。

もしこれがティファニーの嘘だったら――彼女に僕と出会った日を悔やませてやる。

長い夜だった。ティファニーは眠れなかった。気持ちがざわついて仕方がなかった。

イエス？　それともノー？

ラフィークにどう答えればいい？

ティファニーはお腹を抱えてボールのように身を丸め、ぼんやりと闇を見つめた。結婚を断ってダーハラを離れたら、娘は父を知らずに育つことになる。しかもラフィークはのちのち……娘が成長したあとも、接触を持つことを望まないかもしれない。今ここでラフィークと結婚すれば、彼は毎日赤ん坊と会う。絆《きずな》も生まれるだろう。生まれないわけがない。

そうなると選択肢はあってないようなもの。

ティファニーはため息をついて、どさりと背中をつけた。ダーハラで再会した彼は、初めて会ったときと変わらないまっすぐな人だった。我が子を失う不安を秘めて、銀行家の彼に会いにやって来た……そして彼がシークだと知った。この国の王子だと。

ラフィークは忙しい。立場も重い。世界中を飛び回っているのも知っている。そんな彼が望んでもいない家族と過ごす時間を取ってくれるだろうか？　男系の相続人でもない娘のために。父親不在の子供時代の再来になったりしないだろうか？

窓の外に目を向けると、闇にきらめく明るい星だけが目に入った。月は、お腹の子を身ごもった夜の細い三日月より少し大きい程度だ。ラフィークと結婚したら、彼とは月と太陽のような関係になるのかもしれない……果てしなく広がる空間に隔てられて、ほとんど会うこともなく。

そう思うと、決断を下すのはずいぶんと楽になった。そんな結婚は望んでいない。彼のプロポーズは断ろう。そして独りでがんばってみよう。いつか娘には父親が誰かを知らせればいい。ラフィークと家族になるのは望まない。

　ずっと心に引っかかっていた決断を下し、ティファニーはようやく眠りについた。

　プロポーズを断る決意は、翌朝朝食に下りた際、リリーが読んでいた新聞を慌てて閉じたときに――それでも大きく掲載されたラフィークのハンサムな顔はちらりと見えたけれど――さらに強まった。

「よろしい？」ティファニーはリリーに作り笑いを向けて、新聞に手を伸ばした。

　その顔に何かを感じ取ったのだろう、リリーは力無く両手を広げた。「わかってやって、あの子のせいじゃないの――十代の頃から、女性たちがこぞって身を投げだしてくるものだから」

　ラフィークはリリーに、ティファニーとは仕事上の付き合いとしか説明していなかった。それでも彼女はもっと深いものを読み取っていたようだ。

　けれどリリーの言葉は何の慰めにもならなかった。ティファニーは社交場とおぼしき場所で撮られたラフィークの一連の写真を見つめた。黒っぽい髪の美しい女性が彼の腕をしっかりと握っている。だから昨夜、彼は家で夕食を取らなかったのだ。わたしに考える時間をくれる一方で、自分は別の女性を催しに同伴していた。

〝たいていの女性は僕を魅力的だと言ってくれる〟ラフィークの言葉に間違いはなかった。

「きれいな人」ティファニーは感情のこもらない声で言った。胃がぎゅっと固くなる。やっぱりそう。父と同じ。いつだって女性の影がつきまとう。その事実が思っていた以上に胸に重く響いた。

「病院の新病棟の除幕式だったの。彼女の一族はダーハラの名門でね。その一族から新病棟に多大な寄付を受けて、その見返りの意味もあって、ラフィークはわざと写真を撮られたんだと思うわ」

我が物顔で彼の袖《そで》をつかむ手はとても形式的なものではなかった。首を傾げる仕草、アイラインを入れた目元、いかにも社交界の華らしい笑みはすべて、隣の男性を手に入れる自信を世間に示している。黙っていても女性たちを引きつける華やかな男性をティファニーは求めていなかった。母が耐えつづけてきたことを自分も耐えるつもりはない。

ラフィークとの結婚は考えられない。

ノーと言おう——娘に留守がちな父親を持たせたくないだけでなく、自分も女性との写真を見せられて不安に駆られることに耐えられないから。ラフィークにこの決意を伝えよう。彼はきっとせいせいするだろう。わたしは今夜にはこの国を離れる。

ティファニーはアプリコットとデーツを口に運び、ヨーグルトと蜂蜜《はちみつ》をスプーンですくった。他の固形物を食べても、吐いてしまいそうだった。

ラフィークがやってきたときには、不快な新聞はすでに遠ざけていた。彼は白い歯をきらめかせて声をかけてきたが、ティファニーの決心は揺らがなかった。それでも胃はむかつき、吐き気がこみ上げる。

ティファニーは突如スプーンから手を離し、椅子を後ろに引いた。

「まだいいじゃないか」ラフィークの口調に足が止まった。「君に話がある」

リリーが甥《おい》に目をやった。「そうだわ、何本かかけなきゃならない電話があったんだった。書斎の電話をお借りするわね、ラフィーク」

ティファニーもできればリリーのあとを追いたかったが、結局留《とど》まった。この機会に返事をしよう。どうせなら、早いほうがいい。

「君に一つ、頼みがある」叔母が部屋を出るなり、ラフィークは滑らかな声で言った。隣の椅子を引き、レモンと石鹸《せっけん》の香りを感じるほど体を近づけてくる。

それまでの思いとは裏腹に、ティファニーは彼を見つめていた。

「僕たちの出会ったきっかけを作っておきたい。誰も僕たちの恥ずべき出会いは知らない。仕事で知り合ったという話はそのままに使おうと思う……君の大学時代に出会ったことにでもして」

「嘘をつくってこと?」

彼は怒りのコメントを無視して続けた。「大学は出たんだろう?」

香港では尋ねなかったことだ。「英文学とフランス語を専攻したわ。わたしたちに接点はなさそうね」

「フランス語を話せるのか?」

ティファニーはうなずいた。

「それはいい。君に何かしらの翻訳で力になってもらったことにしよう」

彼はわざと口を挟む余地をなくそうとしている。思い通りにされる前にここで反論しておかなければ。

「あなたと結婚するとは言っていないわ」

「君が最終的にどんな結論を出すかはわかっている。僕は双方の家族がスキャンダルで傷つかないために、僕たちの出会いを取り繕いたい」

テイラー・スミスは天使とはほど遠い。ラフィークが父の度重なる不倫を知れば、その悪い噂《うわさ》も家族の耳に入らないように苦心することになる。「わたしの家族が裕福だと知って、サー・ジュリアンとのことでわたしから脅される心配はなくなったのかしら?」彼と美女との姿がいまだ生傷に塩を擦り込まれたように熱く頭に残り、声が尖《とが》った。

ラフィークが首を横に振った。胸がどきんと鳴る。だが希望は打ち砕かれた。「サー・ジュリアンとの契約はすでに公表された。もう何も心配はない」

自分が何に向き合う勇気がないのかを認めるのが怖くて、その名付けたくない感情に傷ついているうえに、彼から疑って悪かったのひと言すらなかったことがティファニーの胸に堪《こた》えた。

「結婚はしないわ」ティファニーはきっぱり告げた。

沈黙が落ちた。

「今なんて?」静かな声が不気味だった。ほっとしたことに彼はそれ以上近づいてはこなかった。

「あなたとは結婚できない」

テイラー・スミスの娘だ。あの夜香港で会った、いつ強請《ゆす》ってもおかしくないクラブホステスと同じくらい彼にはふさわしくない。父は映画監督だが、その情事の数でラフィークの保守的な家族には我慢ならないほどスキャンダルにまみれている。

ラフィークが片方の眉を跳ね上げた。「結婚するしかないだろう」

「でもその理由は、あなたが自分の子とも確信していない娘を嫡出子にするためだけでしょう」それを口にするだけでもうんざりしたが、今は使える主張は何でも使うしかない。

「時期がくれば、DNA鑑定ではっきりする」彼が手を取った。「だが君は間違っている。僕が君と結婚したい理由は子供のことだけじゃない」彼の目の光にティファニーはようやく気づきはじめた。

嘘!

握られた手を振り払い、もう片方で彼を押しのけようとした。けれど彼に頬をなでられると、快感の戦慄《せんりつ》があとを追う。「ラフィーク、うまくいくはずがないわ」ティファニーは吐息のように言った。

「僕たちはいつだってうまくいく」

でも今日はだめ。嫉妬《しっと》で怒り狂いそうになっている。「あなたはまだ朝刊の写真を見ていないから」

「あれか。隣にいたのは大口の寄付者のお嬢さんだ」

「何もないふうには見えなかった」

「彼女の手が僕の腕にかかっていた? 僕は指一本

触れていない。それこそパパラッチだよ――連中はスキャンダルに見せるのが仕事だ」

彼の苛立《いらだ》ちに真実味が感じられた。

けれどもティファニーは火のないところに煙が立たないことも若くして学んでいる。父と若手女優の写真がゴシップ雑誌に掲載されると、いつもその女優とは情熱的な恋愛に発展した。

ティファニーは隣の席に置いた新聞を取りだし、テーブルに広げてもう一度その写真を見た。

隈《くま》なく見つめる。ラフィークはカメラに無表情な顔を向けている。隣の女性もほほ笑んではいない。ロマンスの輝きはどこにもない。ラフィークは本当に父とは違うのだろうか？　信じたい。でも男性を変えられると自分をごまかすつもりもない。

写真の女性は、本当に知人のご家族なのだろう。彼が支援する基金に多額の寄付をした人の。

ティファニーは新聞を脇に置いた。

ラフィークが見ていた。新聞に目をやることもなく、明らかにティファニーが何を信じているかなど気にするようすもなく。その写真を初めて見たときに始まった胸の痛みがさらに強まった。たまらない不安を感じはじめた証《あかし》だった。

「人を愛したことはある？」ティファニーは唐突に尋ねた。

「詩人が嘆き悲しむような愛か？」ラフィークは顔をしかめた。「たぶんない。だが女性がほしくなるのも愛だろう？　それならある。何度も――みんなハイレベルな女性たちだった」

その率直さが新たな鋭い痛みを引き起こした。

勝手なもので、自分で尋ねておいて。返事が気に入らないからといって文句を言える立場にない。

楽観的に考えようと、ティファニーは続けた。

「でも誰とも結婚しなかったのね」

「一人、二人とは結婚も考えた」

ティファニーは目をしばたたいた。「それなら、どうしてしなかったの？」

ラフィークが肩をすくめて、目をそらした。まつげが深遠な瞳を覆い隠す。高窓からダイニングに差し込む朝日で髪が輝いていた。「プレッシャーだ。僕が女性にほんの少し関心を示しただけで、双方の家族はおろか、新聞まで挙式の日を決めようとする」

あまりの正直な返事にティファニーは驚いた。尋ねなければよかったと思った。「追い込まれた気がするのね」

ラフィークがまっすぐ目を見つめてきた。「ああ」

「それなのにあなたはわたしと結婚をしようとしている。でも今度だってプレッシャーを感じたら、間際になって止めたくなるんじゃない？」

「君とは結婚しなければならない」ラフィークは指摘した。「お腹に子供がいる。僕の子供……なんだろう？」彼が目元に皺を寄せてほほ笑んだ。ティファニーの息が詰まる。「それに君の場合、お父さんが婚姻契約書を作って僕に署名を迫ってもいない」

「だからわたしも安心しろと？」

ラフィークが声をあげて笑った。

でもティファニーは笑えなかった。

思っていた以上の難問を抱え込んだ気がした。自分に結婚を申し込んでいる男性は、妊娠という史上もっとも古い罠《わな》にとらえられた。おまけに彼は、わたしが浮気を恐れるのと同じくらい、逃げ道をなくすのを恐れている。

「便宜上の結婚はどうかな？」

ティファニーははっとして彼の顔を見つめ返した。

「セックスをしないという意味？」

ラフィークは情熱的な人だ。一緒に過ごした夜を考えると、間違いない。そんな彼が性生活のない、形ばかりの結婚生活に耐えられるはずもない。ほかの女性の元に行かない限り。胸の痛みがまたも強まる。

ティファニーはきっぱりと首を振った。「いいえ。わたしはそんな形の結婚は望んでいない」

「それなら別の形にしよう」彼は瞳に物憂げな表情を浮かべ、手に力を込めてティファニーを引き寄せた。椅子が床で軋《きし》む。「とことんセックスをして」

「そんな意味じゃな――」

言い終える前に、ラフィークの口が情熱的に覆いかぶさっていた。コーヒーと欲望の味がした。かぐわしくて魅惑的な。体が自ずと彼に近づいていく。ティファニーは目を閉じて、彼に身を委《ゆだ》ねた。

彼の体はたくましかった。しかもすでに興奮している。ティファニーははっと身を引いた。「いや!」悲鳴のような声だった。「そんな結婚もしたくない」

「君は便宜上の結婚なら子供のためにできるかもしれないと思った。ロマンティックなおとぎばなしも信じている」暗く、黒炭色になった彼の瞳が射るように見つめてきた。「だが本当に求めている結婚は、今僕が提案したことだ」

ティファニーは彼の腕からもがき離れた。「あなたはわたしを知らないでしょう。わたしが何を求めているかなんてわかるはずがない!」

ラフィークの唇が歪《ゆが》み、瞳がくすぶった。「それなら教えてくれないか。僕が全力で君の望みを叶《かな》える」

興奮で背筋が小さくさざめいた。こうもやすやすと体が彼に反応するのが苛立たしかった。「前にも言ったでしょう。あなたじゃないの。わたしが結婚したいのは別のタイプの男性。もっと――」

「普通の男」セクシーな笑みが消えた。「空想だよ、ティファニー。本気でそう思いこんでいるのかもしれないが、いつか気づくはずだ――自分を欺いているだけだと。君は普通の男など求めてはいない」

ティファニーは立ち上がった。笑い声を、父の浮気など取るに足らないことと強がるときに母が発していた晴れやかな笑い声を絞りだす。「だったら、わたしがどんな人を求めているのか、教えて」

「それは僕だ」

8

自分の言葉が沈黙に吸い込まれ、その瞬間、ラフィークは率直すぎたことを悟った。女性が求めるのは、愛うんぬんの甘ったるい感情。真実ではない。

ティファニーは震えていた。口を開き、また閉じる。そしてようやく声を見つけた。「どこまでも傲《ごう》慢《まん》な人ね」

胸の奥に熱いものが広がった。「前に君から傲慢男と呼ばれたとき、その会話がどこに行き着いたか覚えているかい？」ラフィークは立ち上がった。

ティファニーが覚えていることは、目に浮かんだ金色の炎でわかった。はっきりと。

「今度は同じ終わり方はしないわ」

ラフィークは片方の眉を持ち上げ、緩やかにほほ笑んだ。「そう思う？」

「もちろんよ！」

「僕は挑戦が好きでね」彼女の顔に狼狽《ろうばい》が広がるのをラフィークは満足げに眺めた。

「待って」ティファニーはあとずさり、テーブルに行き当たったところで両手を上げた。「誤解しないで。わたしをベッドに連れ戻すのが挑戦だと――」

「簡単すぎて挑戦にあたらないと認めるわけだ」ラフィークは足を止めなかった。広げた彼女の両手が胸にあたる。手のひらにこの胸の鼓動が伝わっているだろうか？

「そうじゃない！」

性的興奮が高まっているにもかかわらず、ラフィークはこの瞬間を楽しみだしていた。「それじゃあ、簡単すぎると証明するのは挑戦になるかな？」

ティファニーは驚いた顔でもう一度こちらを見た。

「違う！ わたしが――」その否定もまた新たな挑戦の種にされるのを恐れてか、彼女は言葉を切った。

「しぃっ」ラフィークは指を一本、彼女の唇に当てた。「だから、僕は交渉術に長《た》けているんだよ」

このときばかりはきざな笑みが浮かんだ。

彼女の反論は、戸口に現れた側近によって遮られた。「殿下、オフィスからお電話です。朝一番のお約束の相手が到着されたと」

ラフィークは腕時計に目を落とした。サー・ジュリアンがダーハラに来ていることをティファニーに話すつもりはなかった。結婚を承諾させるほうが先だ。「ずいぶん早いな。アシスタントのミス・ターナーに、すぐに行くと伝えてくれ」

側近がいなくなると、それまでの楽しい気分も消えていた。彼女に顔を近づける。「ティファニー、香港《ホンコン》でのことは――」ラフィークは手を取った。

「あってはならないことだった。恥ずべき行為だ」

ティファニーは冷静な目で見つめ返してきた。

「わたしにも、あなた同様に失うものはあるわ――あの夜のことをパパラッチに漏らしたりしない」

ラフィークは指を絡ませ、彼女の震えに気づいた。

「それを聞いてほっとしたよ」ティファニーが口を開くのを見て、続けた。「あってはならないことだったが――」言葉に詰まり、首を横に振る。

あの夜、自分の身に起きたことがいまだ理解できなかった。なぜあんなにもあっけなく自制心を失ったのか。なぜいまだに忘れられず、同じ経験を繰り返したくて、ティファニーと結婚してベッドに入る日が待ちきれずにいるのか。

結局ラフィークはこう告げた。「どうあれ、僕が責任を取ることに変わりはない」

ティファニーがはっと目を上げた。「自分の子だと信じる気になったってこと?」

ラフィークはゆっくりと首を横に振った。「そうは言っていない」まだ。「だがその可能性は認めようと思う。それもあるから結婚を決めた」

「たとえ追い込まれた気がしても?」

ラフィークはためらったが、そのままそう信じさせておくことにした。彼女を求めていることはすでに打ち明けた。どれだけ性的な魅力を感じているかまで知らせる必要もない。起きている間中、ティファニーが頭から離れなかった。こんなことは初めてだ。義務感から結婚しようとしていると思わせたところで、どんな害がある? 「子供が生まれれば、真実はわかる。話の続きはそれからだ。それと、君をそろそろ家族に紹介しようと思っている」ラフィークはほほ笑んだ。「場所は兄が住むカッスル・アル・ウォード――君もきっと気に入るだろう」

ティファニーが大きく目を見開いた。「待って。そんな爆弾を落としたまま行かないで」

「質問があるなら、あとで聞くよ」

ラフィークは手を取り、その甲にキスをした。ティファニーが息をのむ。どうやらふたりの間に性的な絆《きずな》を感じたのは自分だけではなかったらしい。

「もう出ないと約束に遅れる。五時に迎えの車をよこすから、支度しておいてくれ」

ラフィークの言ったとおり。

ティファニーはいるかの蛇口がついた大理石の浴槽に体を沈め、首筋の筋肉がほぐれたところで正直に認めた。わたしは自分を欺いていただけ。本当は彼を求めている。わたしの所有欲を刺激したのは彼だけ。そばにいるだけで体を熱くさせたのも彼だけ。

生まれくる娘の将来を思ってダーハラに来た。そして彼を知り、離れたくないと思った。なのにどうして思い切って結婚すると言えなかったの？ それはきっとまだ夢の破片にしがみついているから。ただ子供の父親だけじゃない、自分にとっても最愛の相手を求めているから。

妊娠しているから、王室の血を引く子供を身ごもっているからではなく、愛されて彼と結婚したい。でもそんなことは夢のまた夢。

浮気な父がタブロイド紙をどれだけ騒がせてきたかを知れば、ラフィークだって非嫡出子が王室にもたらすスキャンダルなどどうでもいいと思うはず。わたしを捨てるのにきっと時間はかからない。

サー・ジュリアンは腹に何か抱えている。

ラフィークは銀行の会議室で彼の挨拶《あいさつ》を受けた瞬間、そう感じた。そして新しいホテルの話が一段落したとたん、サー・ジュリアンが切りだした。

「あれから娘のエリザベスはあなたに夢中でね、ラフィーク」

ラフィークは数カ月前サー・ジュリアン邸で会った若い女性をおぼろげながら思いだした。会議用のテーブル越しに曖昧《あいまい》な笑みを向け、薄型ラップトップを閉じる。「彼女に関心を示されて喜ばない男はいないでしょう」

革張りの椅子にどさりと寄りかかって、ジュリアンは言った。「実は今ダーハラに向かっているんですよ――仕事の都合で同行はしませんでしたがね。カーリングホテルグループの仕事に関《かか》わっているんですが、どうやらあなたとお近づきになりたいようで。エリザベスが到着したら、二つ目のホテル建設について話しませんか」

取引か。縁結びを試みる親への鋭い第六感を発達させなければ、三十歳を過ぎてもこうして未婚でいることなどできなかっただろう。だが今度ばかりは、うかうかしているとこの名だたる実業家にうまく追い込まれかねない。ラフィークは立ち上がり、話が終わったことを明らかにした。「実は近いうちに結婚することになっていましてね。お嬢さんが来られる頃《ころ》には、花嫁と出かけているかもしれない」

「結婚？」サー・ジュリアンが血色のいい顔全面に不興をにじませて、身を起こした。「つい先日お父上と話したときには、お父上のほうからあなたとエリザベスを同席させるように言っていただいたんですがね。結婚のことは何もおっしゃらなかった」

それはそうだろう、父は知らなかったのだから。ラフィークはずる賢い父の首を絞めてやりたくなった。エリザベス・カーリングはハーリドに似合いだという提案を真に受けた振りをして、どうやら父の腹には別の案があったらしい。

「式は今週中の予定でね」ラフィークはきっぱりと言い切ると、ラップトップを手に取った。この件に関しては、ティファニーにも父王にも口出しはさせない。これ以上彼女に触れずにいるのは不可能だ。

「そうなると、わたしも祝わずにいられませんな」

「それが、婚約者が身内だけのひっそりした式を望んでいましてね」そう告げながら、ラフィークの胸に、ティファニーが両親の祝福もない結婚に同意するだろうかという疑問が芽生えていた。

　自分が何を期待していたのかはわからないが、それでもそれが砂漠の真ん中にたたずむ、日差しで褪《あ》せた砂岩の要塞《ようさい》でなかったことだけは確かだ。ティファニーはメルセデスの窓から目を凝らした。

「すてき」

「カッスル・アル・ウォードだ」ラフィークは黒塗りの車を砂利敷きの前庭で停《と》めた。

「あなたのお兄さまと奥さまがここに?」

「ああ。兄はここに住んでいる――妻と一緒にね」

　奥さまは一人だけ?

　だがそこで運転手がドアを開け、ティファニーは皮肉な言葉をのみ込んだ。遅い午後の息苦しい暑さが体を包み込む。後部座席から降り立ちながら、着てきたシンプルな白いドレスが急に気になりはじめた。「もっとドレスアップしてくればよかった」

「大丈夫だ。シャフィールはいつも砂漠の砂にまみれている。君が何を着ていようと気にする人間じゃない」ラフィークの目にユーモアが光った。「だが今着ているものが気になるなら、もっと好みに合うものがきっと見つかるだろう」

　シャフィール・アル・ダーハラは染み一つない白いローブを着ていた。けれど驚いたのは彼の妻だ。ティファニーは即座にミーガンに魅了された。シャフィールも明らかに溺愛《できあい》している。

「あなたのお話はうかがっています」水金色の瞳をした長身で浅黒い男性が、巨大な玄関扉へと続く石造りの階段の上に立つ夫妻の背後に現れた。「ラフィーク、わたしは紹介してくれないのか?」

　この男性のことは聞いていなかった。何者?

　ラフィークはうっかりしていたように手を振った。

「ティファニー、兄のハーリドだ」

ティファニーはほほ笑みながら、ラフィークには いったい何人の兄弟がいるのだろうかと思った。

その考えが伝わったのだろう、ハーリドが言った。

「兄弟はこの三人。わたしが長男で、シャフィールが真ん中。ラフィークは可愛《かわい》い末っ子ですよ」

あらあら。大した末っ子だこと！

ティファニーはラフィークが言い返すのを待った。けれども彼は荒々しく兄を抱きしめるだけだった。

「父はあとで来る。長老たちとの評議会があってね。さあ、中に入ろう」

ラフィークの父、国王に会うと思っただけで、ティファニーは身震いを覚えた。けれどさらなる不安を感じる前に、シャフィールの妻がすっとそばに近づいてきた。

「何か飲み物はいかが？」ミーガンが尋ねた。「これから数時間は大変だから」

大変？

困惑しながらもティファニーはソーダを頼んだ。

「ミーガンが〝これから大変〟って言っていたけど、どういう意味？」ラフィークの隣に座って、尋ねた。

彼が視線を避けた。

ティファニーは離れようとする彼の腕に手を置いた。「答えて」

「おやおや、仲がいいことで」シャフィールが声高に笑った。

「余計なことは言わないの」ミーガンが夫をたしなめた。「ラフィーク、ティファニー、とりあえず古いハーレムね。ティファニー、あなたはいつものスイートルームに部屋を用意したけど、不安に思わないで」

ミーガンの言葉が不安をかき立てた。ハーレムという言葉ではなく。「部屋？」

つまり寝室ってこと？　今夜はここに泊まるの？

ミーガンがうなずいた。「パーティ用のドレスの支度はメイドの一人に手伝わせるから」

ドレスの支度？　まるでうさぎの穴に落ちたときのアリスの気分だ。「何のパーティ？　わたしは着替えも持ってきていないのだけれど」

「あなたの衣装は――」

「ミーガン」彼女の夫が腕をつかんだ。「ちょっとおしゃべりすぎ」

ミーガンは諦《あきら》めの表情で周りを見まわした。「わたしったら、また失敗した？」

ティファニーは押し黙ったままのラフィークを振り返って、尋ねた。「何がどうなっているの？」

背後でミーガンの声が聞こえた。「やっぱり、わたしがしゃべりすぎたのね。どうして誰も彼女が知らないって教えてくれなかったの？」

胸に苛立《いらだ》ちすらこみ上げてきた。「わたしは何を知らないの？」

「まあ――」ラフィークが脇《わき》をすり抜けた。「ここでは何だから広間へ」

「ラフィーク」ティファニーは彼の袖《そで》をつかんだ。「教えて」

「今夜は僕たちの婚約祝いだ」

ティファニーは口をぽかんと開けた。「婚約？」

「彼女を誘惑するのが先じゃないのか、ラフィーク」男の声に囃《はや》すような笑い声が続いた。

どうしよう！「わたしの妊娠をみんな知っている？」ティファニーは小声で尋ねた。あの夜のことをからかわれているのかと思うと、恥ずかしさでいっぱいになる。

彼も頬を赤く染めていたが、目は伏せていなかった。「無視していい、シャフィールは何も知らない。ジョークだよ。前に僕がミーガンを誘惑しろと促したものだから、今度は自分が言っているだけだ」

「誘惑したの？」ティファニーは低い声で尋ねた。

「その顔は、兄はそういうタイプに見えると？」

ティファニーは焦《じ》れったげに首を横に振った。

「そうじゃなくて。彼はミーガンを誘惑したの？」

「いや、代わりに誘拐することにしたらしい」

「誘拐？」ティファニーは目を大きく見開き、そのまま他の面々に続いて、高い椰子《やし》の木と水辺のある緑豊かな庭を臨む広間に移動した。「本当の話？」

ラフィークはうなずいた。「彼女をここに連れてきて――鍵《かぎ》をかけて閉じこめた」

「冗談でしょう！　そうよね？」

彼は首を横に振った。「いや、本当だ。ミーガンに聞いてみるといい」

ミーガンの声が割り込んだ。「何を聞くの？」

「静かに」シャフィールの言葉に、全員が笑った。

「あなたがご主人に誘拐されたって」ティファニーは彼女をしげしげと見つめ、残忍に扱われていないことを確認した。

「ええ、そう。当時はまだ夫ではなかったけれど」


「それじゃあ、結婚を承諾するまで監禁を？」

ミーガンは首を振ると、シャフィールの手を取って愛情たっぷりのまなざしを向けた。「監禁したのはわたしと結婚するためじゃないの――わたしがザラのフィアンセと結婚するのを止めるため」

「ザラのフィアンセ？」ティファニーはまたも二度見した。「ザラは、確かリリーのお嬢さんでしょう？　ロサンジェルス在住と聞いたけれど」

シャフィールが笑った。「話せば長い話だよ」

「聞いておきたい気がするけど」ティファニーは暗い声で言った。

「それは結婚してからだ」ラフィークが言った。「だがひょっとすると僕もシャフィールをまねて君をここに閉じこめたほうがいいかな」

ティファニーが振り返った。「え？」

ラフィークはその不安げな表情を受け、見守る外野を見まわした。「少し失礼するよ」

ラフィークは片方の腕を肩に回し、もう片方を膝の後ろに当ててティファニーを床から抱え上げた。高く胸に引き寄せる。ティファニーがわき起こる歓声を振り払うように喉元に顔を埋《うず》めると、彼はその部屋をあとにした。

三日月刀が壁に飾られた居間に入ると、ラフィークは床に下ろした。

ティファニーは自分を抑えられなかった。「どうして？　ご家族の前よ。それにどうして婚約だなんて。わたしはまだ結婚するとは言っていないわ」

彼の目が慎重になった。「君は結婚する」

ティファニーは両手を上向けて投げだした。「でも〝イエス〟とは言っていない」

彼が片方だけ眉を跳ね上げた。今ではすっかり見慣れた仕草だ。「じゃあ言ってくれ」

シャフィールとミーガンの仲むつまじい姿に刺激され、ティファニーは教会の回廊を歩きたくなっていた。子供のことを知らせるためにダーハラに来たときには、結婚は頭になかった。それでも今はどうしようもなく心引かれている。

ちくりと痛みが走る。

「そんなに悲壮な顔はしないでくれ」

ティファニーは顔を上げた。「悲壮になんてなっていない」

ラフィークの唇が歪《ゆが》んだ。「確かにこの結婚は愛のためだけじゃない」

彼がそこで言葉を切る。そしていつまでも続けないので、代わりにティファニーが切りだした。「あなたはいつかこの結婚を悔やむわ」

「どういう意味？」

ためらいはなかった。何の警告もせず、このまま彼と結婚するわけにはいかない。「父はタブロイド紙にずいぶん貢献しているの。話題を提供して」

「ハリウッドの裏話を流しているって意味？」

「そうじゃない。女優たちといつも浮き名を流しているってこと」ティファニーは両手を脇で握りしめた。「あなたのご家族にはよしとされないと思う」

「ティファニー」ラフィークが両手を肩に当てた。胸に引き寄せる。彼がひどくたくましく男らしく感じられた。「いいかい、僕が結婚しようとしているのは君だ——君のお父さんじゃない」

「でもきっとあなたに恥をかかせる」

ラフィークは肩をすくめた。「君とは関係ない」

最後の砦《とりで》が音をたてて崩れた。胸にじんわりと温《ぬく》もりが広がり、涙がこみ上げてくる。強い感情が押し寄せ、両手で彼のシャツをぐっと握りしめていた。

「ありがとう」ティファニーはささやいた。

わたしには失うものは何もない。ティファニーはわずかに身を離し、ラフィークの優しい瞳を見つめて告げた。「いいわ、あなたと結婚します」

9

結婚契約書に署名をした。

ティファニーがプロポーズを承諾すると、ラフィークは間髪入れずに挙式の準備を整えた。

お腹《なか》の中の子供のため。おそらく娘の……。

見知らぬ女がたった一夜の関係で自分の娘を身ごもった。考えてみれば、怒り狂って当然の状況だ。

ラフィークは気遣いながらティファニーにご両親の招待も持ちかけたが、彼女は断固拒否した。母親はやることが多くて手が離せず、父親にはいまだ会う気になれないからという話だった。

ラフィークは納得しかねたが、それ以上は何も言わなかった。ティファニーの心の平穏のためだ。

今ラフィークは、カッスル・アル・ウォードにほど近い村アイン・ファリン――アイン、すなわち泉の起源とされている――の中心にある古井戸のそばで大勢の人々に囲まれ、ティファニーがタマリスクの木立の中を歩いてくるのを見つめていた。

僕の花嫁。

豪華な金糸の刺繍《ししゅう》が入った長いクリーム色のドレスに、薄いシルクのショール。髪を覆うベール。ハイヒールの効果だろう、歩くたびに揺れるヒップ。

家族も、集まってくれた村人も誰も目に入らなかった。ラフィークの目はひたすらティファニーだけをとらえていた。

ベールの奥で、彼女の瞳がきらめいた。古いオリーブの木陰で隣に並ぶ。そこでラフィークは彼女の手を取った。指の震えが伝わってきた。

緊張しているのか。

優しい気持ちでいっぱいになった。彼女を傷つけるすべてから守ってやりたくなった。ラフィークは彼女をそっと抱き寄せ、司祭と向き合った。

目を閉じて、神聖な言葉を受け止める。彼女の指に指輪を滑らせ、次に自分も受け入れる。共にひざまずき、そして村の子供たちがカッスル・アル・ウォードで摘んだばらの花びらをまき散らす中、ふたり並んで井戸の周りをまわった。

――ラフィークが彼女のベールから花びらを払い、うっとりとした瞳を見つめた。

「あと少しだ」シルクのベール越しにきらめく瞳を見て、心が舞い上がる。

押し倒すわけにはいかない、とラフィークは強く心に言い聞かせた。娘を危険にはさらせない。

一連の祝いの行事が済むと、ふたりはカッスル・アル・ウォードに戻った。ラフィークの話では、シャフィールとミーガンが数日この古城を貸してくれらしい。最小限のスタッフを除いてふたりきりだということに、ティファニーはなぜか気持ちの高ぶりを感じた。

ラフィークが夫。

彼と結婚した。

すでにお腹には彼の娘がいる。新婚カップルのロマンティックなハネムーンなんかじゃない。

それでも太陽が砂の大地に金色の輝きを残してはるかな地平線に沈むと、ティファニーは、ラフィークと共にずらりと並ぶ燭台《しょくだい》のたいまつの火に照らされた廊下をわたりながら、その異国情緒あふれるロマンティックな雰囲気に酔わずにはいられなかった。ハネムーンみたい。胸がときめく。

けれど彼に続いて数多くの蝋燭《ろうそく》が中央のベッドを照らす大きな部屋に入ったときには、足が止まった。

「便宜上の結婚はどうなったの？」

その言葉で彼が振り返った。「それはない。前に君に打診したときに決めた。ティファニー、僕は君が思う以上に君を理解している。あのとき、君はそれが自分の求めることだと思い込もうとしていた」

「でもあなたにはお見通しだった」

蝋燭の火が彼の肌をブロンズ色に輝かせていた。無情な顔立ちに温《ぬく》もりを与え、彼が式に着用した白いパンツとチュニックを浮かび上がらせる。「君が求めているものはわかっている。それは僕だ」

背後のベッドがやけに大きく見えた。ティファニーはすでに自分の呼吸が速まり、心がやわらいでいるのを感じていた。「気を引いている？」

片側の唇の端が持ち上がった。「どのみち僕は君の夢の王子様ではないんだろう？」

声に潜む棘《とげ》がティファニーの眉をひそめさせた。

「そうね」

「情熱がなくても平気だなど、それは自分をごまかしているだけだ。君は愛し合うために生まれてきた人だ。僕には初めての夜にわかった」

彼の腕には落ちまいと、ティファニーは言い返した。「わたしは感謝の気持ちを示したくて寝ただけ」

彼の目がきらりと光った。「感謝の気持ち?」

鼓動がさらに速まり、ティファニーは祈るような気持ちになった。「ええ、そう」

「三十ドルへの?」

気になる口調だった。「それは……」

「じゃあ今度は――」彼が近づきながら、大げさな口調で言った。「結婚したことを感謝してもらおう」

「いやよ!」

ラフィークが目の前で立ち止まった。「どんな喜びが待っているのかわかっているから?」

心がざわつきだした。「いやよ、ラフィーク。セックスはいや」

今はいや。こんな雰囲気の彼とは。たとえ自分が刺激したせいだとわかっていても。

「ただのセックスじゃない」彼の声が低くかすれ、ティファニーの胸を締めつけた。「僕に任せて」

ラフィークの唇が重なり、唇が開く。

どれだけ葛藤《かっとう》しても、反応を導き出されるのに時間はかからなかった。彼がわずかに唇を離したときには、不満すら覚えていた。「感謝するかい?」

ハイヒールのせいで、罪深い唇が目の前にある。

「何も言わないで」欲望が電流のように体を貫く。

次に抱き寄せられたときには、ティファニーは爪先立ちで彼を迎えた。もはや抵抗する気はすっかり失《う》せていた。

「こんなことをして、わたしが許すと思う?」ベッドに横たえられながら、ティファニーはつぶやいた。

ラフィークが笑って、ティファニーの靴を脱がせた。「僕は一日中このときを待っていた」ベールも外し、ドレスをそっと肩から滑らせる。

そして自分もベッドに上がる。「きっと君も気に入るよ。僕が約束する」

翌朝目覚めると、黒っぽい瞳が顔をのぞき込んでいた。恥じらいで頬と胸が熱くなる。

片肘をついて見つめるラフィークの顔に笑みが浮かんだ。瞳が光る。「何も赤くならずとも――恥じることは何もしていない。僕たちは結婚したんだ」

ラフィークが唐突にシーツを払いのけた。その端をティファニーはひしとつかむ。

「そう照れなくても」彼の手が柔らかな腹部をなぞった。「まさか、ここに子供がいるとは。君はひどくタイトだった……バージンのはずがないのに」

ティファニーの頬がさらに赤らんだ。「恥ずかしがらせないで」

「どうして？　ふたりの間で秘密はよそう。君が昨夜《ゆうべ》バージンでなかったのはわかっていたことだ」

ティファニーはふうっと大きく息をついた。「秘密はなしにするなら、一つ話しておきたいんだけど、前にあなたと……寝たとき、わたし――」言葉に詰まりながら続ける。「バージンだったの」

まつげの下から上目遣いに反応をうかがう。

ラフィークはあっけに取られた顔をしていた。そして一瞬の沈黙のあと、彼は言った。「ティファニー、心配しなくていいんだよ。あの夜僕は無垢《むく》な相手を期待していたわけじゃないんだから」

ティファニーは言葉をなくして、まつげを伏せた。

「そうすねるな」ラフィークはささやいて、鼻梁《びりょう》に指をはわせた。「僕はバージンにはこだわらない」

ティファニーはまつげを持ち上げた。彼の瞳を間近でとらえ、欲望が体を貫く。「すねているんじゃない！　あなたにわたしのことをもっとわかってほしいと思っただけ。香港《ホンコン》での最初の夜、あなたはわたしが騙《だま》していると思っていた――」

「わかっている――」

「わたしは追い込まれていたの——」

「それもわかっている——」

「借りたお金は一セント残らず返したわ。子供のことも正直に話した——」

「ティファニー、ティファニー」ラフィークは腕を伸ばし、ティファニーを抱え込むように抱きしめた。「君がバージンだったかどうかは関係ない」頭を持ち上げ、眉にキスをする。

関係あるのよ。ティファニーはそう言いたかった。あなたに信頼してもらうこと——信じてもらうことが必要なのだと。信じてもらいたいの。何より、お腹の子が自分の子だということを。わたしがそう言うなら、そうなのだと思ってほしいの。

逃れようのないDNA鑑定の結果からではなく。

辛《つら》かった。信じてもらえないことが。でもいずれ嘘《うそ》をついていないことは彼にもわかるはず。

「そんなふうに睨《にら》むんじゃない」ラフィークがティファニーの髪をくしゃくしゃと乱した。「もう一度抱き合おう。それから君を僕の家族が愛してきた砂漠に案内する」

ティファニーの体に欲望がさざめいた。

ラフィークが愛しているのはセックスだけだろうか？　ふたりの間にそれ以上のものを感じてくれているだろうか？

そう思ったとたん、胸にごつんと衝撃が走った。だからわたしはこんなにも必死に彼に信じてほしいと願っているの？　自分が義務感から結婚へと追い込んだ夫を愛してしまったから？

「ママ？」ティファニーは電話の雑音に負けじと、受話器を耳に押し当てた。「元気？」

「なんとかね。昨日最終的な合意書に署名したわ」

——お父さんは出席しなかった」

今、母の声に切なげな響きを感じた？　気のせいであることをティファニーは心底願った。

「すべて順調よ」リンダ・スミスは続けた。「あなたの言うとおり、優秀な弁護士に依頼してからは」

「よかった」ティファニーは静かに安堵《あんど》の吐息をついた。二カ月前、ティファニーは母のために弁護士を見つけ、すべての話し合いに同行してダーハラに来る前日までサポートし続けた。合意書に署名したなら、これでようやく母も人生の再スタートを切れる。「オークランドの屋敷を売って、こぢんまりとしたところを見つけること、考えてくれた？」

ティファニーが発《た》つ前、母はテイラー・スミスと住んだ屋敷を離れるのはいやだと言い張っていた——たとえそれが母の所有する唯一の資産でも。おそらく、父がいつか考え直して戻ってくるのではないかと藁《わら》にもすがる思いだったのだと思う。

別の女性に走った父をどうして取り戻そうと思うのか、ティファニーは理解に苦しんだ。

「いいえ、売らない。あなただって休暇を終えたら戻る場所が必要でしょう。それで、今どこなの？」

「ダーハラよ。ママ、実は聞いてほしいことがあるの」ティファニーは思い切って言った。「わたし、しばらく家には戻らないわ。結婚したの」

ティファニーは受話器を耳から離した。息をのみ、やがて歓声をあげた母が質問をたたみかける。

「突然なのはわかっている。でもこれは正しい選択よ。彼の名前はラフィーク……式はご家族の住居の一つに近い村で挙げたわ。三日前よ」

母の声が祝福というより不安に変わった。「三日前？　その砂漠の国で？」

「ええ。ダーハラは砂漠の王国」少しは母も安心するだろうと、ティファニーは続けた。「ラフィークは王族の一員なの」

「まあ、でもまた会いに来てくれるわよね？」

母の寂しそうな声に、胸が痛んだ。「もちろん、ふたりで会いに行くわ。ラフィークは出張が多いの――銀行家だから。近いうちに行くわ。彼に相談して、時期を知らせるわね」

「ティファニー、あなた、本当に大丈夫？　ずいぶん遠いし。わたしがそばに行けるといいんだけど」

「大丈夫。わたしに会いに地球の裏側まで来るぐらいなら、屋敷を売るほうが精神的にもいいと思う」

母がため息をついた。「わたしは引っ越したくないのよ。でもあなたのそばにもいてやりたい。ああ、お父さんさえここにいてくれれば」

「パパにはまだ結婚のことを話していないの」

母が息をのむ音が聞こえた。

「彼はあなたの父親よ――知らせないと」

「話すわ」そのうちに。「でも今はまだママとのことでパパに頭にきているから」それに頑固さは父譲り――父のほうも、旅行の件でもめて金銭援助を打ち切り、どうせ尻尾《しっぽ》を巻いてすぐに帰ってくると吐き捨ててから、一度も連絡をしてきていない。

「ティファニー、夫婦の問題はあなたには関係ないわ。わたしもカウンセリングを始めて、あの人を許せるようになってきたのよ。わたしもいい妻ではなかったかもしれないと思って」

「ママ、そんなふうに考えないで！　パパにはほかの女性に走る理由なんてない。ママを捨ててまで」

沈黙が流れた。やがて母が口を開いた。「それでも、結婚は報告しなくちゃ。あなたはまだ彼の可愛《かわい》い娘なんだから」

父の可愛い娘だったのはずいぶん昔の話。ティファニーは口調をやわらげた。「時期が来ればね――今はまだ無理」今は何より時間が必要なの。

「ティファニー、あなたいったい――」

「ラフィークの子供を身ごもっているの」

今度の沈黙は電気を帯びていた。

ティファニーはあえてそれを打ち破った。「子供のことをラフィークに話すためにダーハラに来たのよ。お腹の子には母親も父親も必要だから」ママは誰よりそれをわかっているわよね？「そのうち、祖父母も必要になるわ。心配しないで。そのときはちゃんとパパに知らせる」

でも今はまだ無理。

「なぜここを発つ前に話してくれなかったの？」

今は諍《いさか》いに耐えられる気分じゃない。「ママは自分のことで精いっぱいだったし」

「なんてこと。わたしが気づいていれば——」

「ママはそれどころじゃなかったでしょう」

一瞬の間が生まれた。「わたしのせいだわ」

「ばかなことを言わないで」

「でも——」

「心配いらないから」ティファニーは遮った。「わたしは大丈夫。自分で決断しなくちゃいけないことだったの。誰の意見も仰がずに。ママであれ、パパであれね。自分の行動に責任を持てるのは自分だけ。現実を見極めて決めたことだから」

厳密には事実ではなかった。多少の思惑違いもあった。この結婚がここまで肉体的なものになるとは思わなかったのだ。彼によって目覚めた情熱で、芽生えたばかりの自立心を失わないか不安だった。

しかも今や彼は自分の夫……。

ベッドを共にする相手。来る夜も来る夜も。

でも少なくともわたしは彼を愛していない。それは彼もだ。そのほうがいい。ラフィークを好きになるなんて、どうかしている。彼に心を傷つけられたくない——たとえ彼の子供を妊娠していても。

でもそのことは母に言えなかった。「昨日ラフィークが砂漠に連れていってくれたの。すごくきれいだったわ……いつか、ママにも見せてあげるわね」

そうしたらきっと母もわかってくれるだろう。

10

ラフィークは妻を見つめた。

激しい欲望の名残を重い充足感が押し流す。

ふたりは愛し合い……眠り……そしてまた曙《あけぼの》が地平線を照らす頃《ころ》、再び愛し合った。

堪能《たんのう》したはずだった。それでも足りなかった。

妻を堪能したと言えるのはまだまだ先のようだ。しかし再度抱くのは夜まで待つ。日中は彼女の時間だ。その長く暑い時間にさらに期待は募るだろう。野外市場で、シルクの柔らかさに驚くのを見ようか。砂漠へ行って、瞳を輝かせるのを見ようか。彼女が行きたい場所ならどこへでも行く。彼女の目を通せば、自分の世界――ダーハラがまた新鮮に映る。欲望は待たせられる。夜までのことだ。

「今日は何をしたい？」ラフィークは二本の指を彼女の腕にゆっくりとはわせた。

ティファニーがまつげの下からちらりと見上げ、その仕草にラフィークの心臓はハンマーで打たれたような衝撃を受けた。「忙しい一週間だったわ」

「ああ、実に」ラフィークはかすれた声で言った。

「今日も昨日と同じくらい暑くなる？」

「さらに暑そうだ」

ティファニーは考えるように唇をすぼめた。まつげが揺れる。「ここで過ごすのもいいかも」

「そうするかい？」

下腹部にみだらな温《ぬく》もりが蓄積した。もちろん今いる場所より完璧《かんぺき》なところはない――白い木のブラインドが砂漠の風に揺れる、この寝室以上のところは。

ティファニーは僕の暮らしに驚くほどしっくり収

まった。叔母のリリーはザラのいない寂しさもあってか、すぐに気に入っていた。兄たちも好意を持っている。あの父ですらだ。婚約した夜も挙式当日も短い言葉を交わしただけだというのに。

そして僕はといえば……。

ティファニーさえいてくれれば、もう何もいらない気さえしている。ラフィークは手を伸ばして、彼女の顔を覆う滑らかな髪を払いのけ、頬にキスをした。衝動的な行為だった。ティファニーは即座に顔を向けて唇を合わせ、胸が締めつけられるほど優しく、甘いキスをした。

かすかな低い声がこみ上げる。

ティファニーの妊娠を家族に打ち明けるつもりだった。この結婚の本当の理由も。子供が生まれたあと、結婚を解消する可能性があることも。それでもなぜかまだ言えずにいた。今彼女の妊娠を打ち明け、同時に離婚の計画を本人には内緒にしてほしいと頼むわけにはいかない。

本心では、もし子供が自分の子だとわかれば、このままティファニーとの結婚生活を続けてもいいかと思いはじめているのに……。

昨夜のことだけでも、独りの夜はもはや捨ててもかまわないと思わせるものだった。

「一日中ここで——ベッドで過ごすって意味で言ったんじゃないの」ティファニーがつぶやいた。

ラフィークは彼女に覆いかぶさると、もつれたシーツを払いのけた。「いいじゃないか」

ティファニーがちらりと裸の胸に目をやり、視線を戻したとき、その目は金色に輝いていた。「でも寝室にこもったりしたら、みんな、何て言う？」

ラフィークは肩をすくめた。「新婚だからね。新妻に触れずにいられるわけがない」

言葉どおり、繊細な体の線に手をはわせた。ティファニーの震えを感じたとたん、欲望が急上昇する。

「ラフィーク！」

「何？」再び彼女を味わおうと、身を屈《かが》める。

ティファニーが手のひらで押しとどめた。「だめ」

「どうして？」

押しとどめる手の力がやわらぎ、滑らかな腕の筋肉をなぞってから、肩に戻って今度は引き寄せる。

「だめね。わたしはもう、理由一つ思いつかない」

「うれしいよ」そこで息が混じり合った。

その先に言葉はなかった。あるのは、官能的で刺激的な感触だけだった。


挙式からの一週間はめまぐるしかった。

木曜になって、ふたりはようやく首都カタールに戻った。そしてその夜、ティファニーはダイニングである広間の敷居をまたいだところで、足を止めた。

あれから母に電話をしていない――訪ねていく話も立ち消えになったまま。今頃《いまごろ》きっと半狂乱だ。

「どうかした？」

テーブルのそばにいたラフィークが近づいてきた。

ティファニーは彼の黒いパンツとゆったりとした白いシャツを見つめた。ダークスーツではない。だがカジュアルな服がかえって彼の肉体をたくましく見せ、開けた第一ボタンからのぞく滑らかな首筋がそれをさらに強調していた。

ティファニーは視線をその素肌から引きはがし、彼の顔に戻した。「ううん、別に。ただちょっとやるつもりだったことを思いだしただけ」周囲を見まわす。「今夜はリリーは？」

「結婚したんだ。叔母にいてもらう必要はない」

「そうね」

リリーの存在は安らぎだった。彼女がいないとなると、突如緊張感が湧《わ》いてくる。

ラフィークが椅子を引いてくれた。

「ありがとう」背中で彼を意識しながら、ティファニーは腰を下ろした。彼から白檀《びゃくだん》と石鹸《せっけん》と、よく知らないエキゾティックなスパイスの香りがした。

ティファニーは目の前にある織物のテーブルマットを見つめて気持ちを整理し、ラフィークが向かいの席に着いたところで、ようやく顔を上げた。

シェフのハマールが入ってきて、テーブルの重厚な錬鉄製のホルダーに据えられた一ダースもの蝋燭《ろうそく》に火をつけていった。金色の炎がラフィークの肌を照らし、その温もりが険しいハンサムな顔をやわらげる。ティファニーの胸がきゅんとなり、決して離れることのない欲望が下腹部を舐《な》めた。

ハマールが引き下がるとすぐに、ラフィークが手を取った。「明日の昼、ランチを一緒にとろう。デートというのかな。結婚前の埋め合わせだよ」

うれしくて頬が熱くなった。こういう雰囲気のときのラフィークは大好き。「すてきだわ」

彼がわずかにほっとした顔を見せた。「最高の日本食レストランを予約しておくよ」

「日本食?」ティファニーは驚いて繰り返した。

ラフィークがうなずいた。蝋燭の火が髪に反射し、豊かな黒色がつややかにきらめく。ハマールがテーブルマットに大きな白い皿を置きに再び姿を現すと、ラフィークは即座に手を離した。ティファニーは思いがけず、寂しさを感じていた。

「ダーハラには自動車産業の関係もあって、日本人も大勢住んでいる。日本食はきっと君も気に入ると思うよ。そのとき、近いうちに入っている行事の話もしておきたい」

「どんな行事?」

首を傾《かし》げて彼は言った。「土曜の夜のは、病院の小児科病棟の支援パーティだ」

そこに同伴するぐらいどうということはない。不安になるのは筋違いだ。それでも先週新聞で見た写真が頭の片隅に残っていた。ラフィークと絶世の美女とのツーショット。病院の新病棟の除幕式だったとリリーは言っていた。今回隣に立つのはわたし。妻として。

熱いものが顔に表れていたのだろう、ラフィークが言った。「わかっている。もっと早く話しておくべきだった。うっかりしていた」その鬱屈《うっくつ》した表情が、うっかりしていたわけではないことを表していた。「僕は主賓だ。欠席するわけにはいかない」

ティファニーは他の女性の記憶を追い払い、忘れていたという彼の主張に便乗することにした。「わたしも一つお願いしていいかしら？」

「着ていく服を買いに連れていけとか？」

「いいえ、もっと大事なこと」

彼のまなざしから性的な温もりが消え、真剣な射るようなものに変わった。「何だい？」

ティファニーはもじもじと、広げたばかりの白いリネンのナプキンをまた丸めたりした。「数日前、母と話したの」

「お母さん？　結婚のことを話したのかい？」

ティファニーはうなずいた。

「それでお父さんは？　お父さんにも連絡した？」

今度は首を横に振った。「父とはまだ話す気になれなくて」そして正直に続けた。「母を式に招かなかったのは心配をかけたくなかったからなの」

「僕との結婚がお母さんに心配をかけると？」

「既成事実を前面に出せば、簡単だわ」ティファニーはミートボールとおぼしきものをフォークでつつき、添え野菜のナスとトマトとオクラをすくった。

「そうすれば、たとえお母さんでも何も言えない」

「そう」

「それで、何が問題なんだい？」彼が尋ねた。

「母はわたしと自由に会えなくなるのを不安がっているの。だから会いに行くと話したわ」ラフィークも食事を始めたのを目の隅で確認する。「それにわわたしが結婚した理由も心配していて。妊娠していることを話したから」一気に話しきる。

ティファニーは籠《かご》からフラットブレッドを一枚取った。パンをちぎり、オリーブオイルに浸して、ローストしたナッツとセサミ、コリアンダーなどを混ぜたスパイス、デュカを振りかける。そんなごくありふれた行動で心は落ち着きを取り戻した。

「結婚を悔やんでいないだろうね？」ラフィークの表情は真剣だった。

ティファニーは唾《つば》をのみこんだ。あなたは？

「どうしてそんなことをきくの？」

「不安の芽がないことを確認しておきたくてね」ラフィークが甘い声で言った。「君とのセックスは信じられないほど情熱的だ……だがそれでも君は僕を心に踏み込ませない」

「わたしはそこまで愚かじゃないわ。あなたは王子。裕福で、ハンサムで、非の打ち所がない人――」

「ありがとう」ラフィークがナイフを置いて、手を取った。「だがもうじゅうぶんだ。どのみちその特性では君のリストには載れない」

心が空っぽになった。「何のリスト？」

彼の口が歪《ゆが》み、焦げ茶色の瞳がくすんだ。「君の救世主だよ。理想の相手。ごく普通の男だろう？白い囲い柵《さく》のある家。二、三人の子供たち」

わたし、そんなことを？「よく覚えているのね」

彼が首を傾けた。「君の言ったことはすべてね」

嘘。「それはリストじゃないわ。違う」

少なくとも完璧なものでは。わたしが求めているのは世界中の何よりわたしを愛してくれる人。一生よそ見することのない人。よそよそしくて、忙しくて、魅力に満ちた、ラフィーク・アル・ダーハラではない人。

「ただ――」

「ただ僕は適格じゃないとわからせたかっただけ、

か？」ラフィークが同意を求めるように眉を上げた。「僕を遠ざけるために」

とたんに食欲はなくなったが、ティファニーはパンをちぎり、ひと口頬ばった。

ラフィークはほほ笑んだ。だが薄い目は少しも笑っていなかった。冷たく、警戒心に満ちていた。

「あなたを、じゃなくて……」声がとぎれた。

「いや、そうだ」彼がうなずいた。「どんな男も近づけないと認めるなら、それはそれでおもしろいとは思うけどね」

「そういうことじゃない」苛立《いらだ》ちが募った。「誤解よ」でもこの不安をどう説明すればいいの？　そばにいると落ち着かない、気を抜けば魅了されそうで。そう、彼を魅力的だと思う他の女性たちのように。

そうよ、ティファニーは自分に認めた。わたしは彼に魅了されている。でもそのことは口が裂けても言えない。「でもきっとあなたはその気持ちを自分は誰よりわかっていると言うんでしょうね」

「どういうこと？」

「だってあなたも女性を遠ざけているじゃない」

ラフィークはゆっくりと首を横に振った。「程度が違う。僕は三度真剣に付き合ったことがある。だが君は僕と出会ったとき、処女だった」

「わたしの言うことを信じてくれたの？」ティファニーは耳を疑った。

ラフィークが肩をすくめた。「君がそう主張するんだから……疑わしきは罰せず、かな。君には嘘《うそ》をつく習慣もなさそうだしね」

わたしがほしいのは無条件の信頼。でも彼にはそれを与える気はない。

わずかに気落ちして、ティファニーは話題を元に戻した。「三度真剣な交際をしても、結局あなたは誰とも結婚しなかった。どの女性もきっとわたしよりはあなたの妃《きさき》にふさわしかったでしょうに」

彼の手がティファニーの手に重なり、ぎゅっと握りしめた。「もう誰も関係ない。君が僕の妃だ。だが夫婦の契りを交わすとき、僕たちの間にはいつもどこか距離がある。その理由を僕はわかっている」

「父のことは関係ないわ！」ティファニーは即座に口走っていた。

　自分も同じことをしていることに気づいていないの？　ベッドではどれだけ情熱的でも、たちまち遠ざかっていく。自分の世界を閉じて――わたしを締めだすときのあの無表情が憎いくらいなのに。

「大いに関係あるね。お会いするのが楽しみだ」

「あなたが父に会うことはないわ」ティファニーは彼の強い関心を受け流した。「訪ねるのは母だけよ。電話でも寂しそうだったし、わたしたちの突然の結婚をひどく心配しているの。いつなら行けそう？」

　眉間《みけん》に二本の皺《しわ》が浮かんだ。「君の状況で飛行機に乗っていいものか」

「妊婦だってみんな乗っているわ」

「僕の妻はそうはいかない」

　その低いうなり声に彼女は目をしばたたいた。

　ラフィークが口調をやわらげた。「お母さんをお招きするのはどうかな？　僕のスケジュールもとても旅に出られる状況じゃない――だからといって先延ばしにすれば、出産時期が近くなる」

　ノーではない。でも、イエスでもない。

　不安が胸を貫いた。ひょっとして彼はわたしを出国させまいとしている？　出産……いいえ、もっとあとまで、ダーハラに閉じこめておくつもり？

　考えれば考えるほど、不安が高まる。

「あなたが行けないなら、わたしは独りで行くだけ」ティファニーは椅子を後ろに引いた。「疲れているの。先に休ませてもらうわね」

　ラフィークは独り、家の中央に位置する暗い中庭にこもった。昼間は後壁が開けられ、奥の広いバルコニーから街外れの砂漠まで見渡せるようになっている。だが今は、プールの周囲の敷石に日中の猛暑の名残が留《とど》まっていた。

ラフィークは頭を冷やそうと、衣服を脱いで滑らかな水に身を沈めた。ティファニーが部屋に引き上げてからは空《むな》しかった。待ち望んでいた夜の楽しみが消えたのだ。もっとも苛立たしいのは、なぜこの事態を招いたのか、自分でもまったくわからないことだ。あとは追わなかった。妊婦だ。休息が必要だ。しかも自分には彼女をそっとしておく自信もない。それに今度ばかりは、セックスで緊迫した空気がやわらぐとも思えなかった。

プールの反対側に泳ぎ着くと、ラフィークは水を出てプールの端に腰を下ろした。

月明かりが水面に銀色の筋を投げかけている。爪先を揺らすと、水がさざめいて銀色の模様が崩れた。まるでティファニーだ。人となりを理解したと思うたび、別の一面を現してくる。

彼女は、初めて出会った夜に思いこんだほどややこしい女性ではなかった。あのときは、たとえ自分の肉体を利用してでも短時間でできるだけ金を稼ごうとたくらむ女だと呆《あき》れたものだったが。

誤解だった。それもひどい誤解……。

水に足を浸したまま、ラフィークはいまだ日中の熱を残す背後の敷石に肘をつき、砂漠の夜空を照らす細い月を見上げた。月が明るく、星は強い光を放つものしか見えない。一つ、鮮やかな星があった。目が引きつけられる。それが妻とだぶった――光彩を放ち、目を引きつけてやまない存在。

心では、ティファニーが清純だとわかっていた。たとえ脳が受け入れるのを渋っても。なぜならそうなれば必然的に、お腹の子の父親は自分ということになる。彼女に対する自分の判断が罪深いほど間違っていたことになる。

僕が間違うことはめったにない。

まだ自分が判断を誤ったとは認めたくない。少なくとも声に出しては。ティファニーは明らかにそれを求めていたし、彼女の瞳からきらめきが消えたときだけはそうしておけばよかったと悔やんだが。

ラフィークはタオルに手を伸ばした。

まだ自分が過ちを認めたくない理由を、彼女に下した判断を恥じる理由を詳しく分析はしたくなかった。常に数と論理に支配されてきたラフィーク・アル・ダーハラも理性を失い、とんでもない過ちを犯すときがあるということだ。

だがそうなると別の問題が生じてくる……。

それに答えられるのはティファニーだけ。髪を拭《ふ》くラフィークの手が止まった。あのとき、金のためでなかったとしたら、彼女はなぜ寝た？　なぜ見も知らぬ相手に大切なものを奪わせたんだ？

再会する可能性などなきに等しい男に。

自分が求めているのは普通の男だと、白い囲い柵のある家と二、三人の子供たちだと言おとぎばなし。ラフィークはタオルを脇《わき》に放《ほう》った。彼女のった。僕が彼女の王子様にはほど遠いのは、明らかだ。

ラフィークは激しく水を波打たせてプールから上がり、立ち上がった。

堂々巡りで出た答えは、何の慰めにもならないものだった。ティファニーが自分の理想とかけ離れた相手に走ったのは、深層心理で本当は誰も愛するつもりがないから。この先も。

彼女は、僕が自分の理想の相手になりえないとわかっているから、近づけたのだ。

その状況に甘んじるしかない。でなければ彼女にありのままの僕を、王子で、世界を飛びまわる銀行家で、子供の父親である僕を受け入れさせるか、だ。

何より、夫である僕を。

11

翌日ラフィークが連れていってくれた日本食レストランは、いかにも日本らしい内装を施された店だった。低い天井に黒いラッカー塗装の枠に入った白い紙の仕切り。金色に縁取られた赤い衝立《ついたて》と金色の塔が描かれた大きな植木鉢の若竹が豪華さをかもしだしている。

ラフィークはレストランを所有する年配の夫婦に温かく迎えられた。彼はふたりを、メイとタエゾウ・ナカムラと紹介した。

そしてナカムラ夫妻に彼は言った。「今日は妻を連れてきたんだ」

タエゾウは丁寧なおじぎで迎えてくれたが、メイのすぐりの実のような黒い瞳には何もかも見透かされている気がした。

「二週間前にお会いしたときには何もおっしゃらなかったのに。だから先週のランチをキャンセルなさったのね。でもまだ新聞には何も」

「明日の新聞には出るんじゃないかな」ラフィークはそう言って、小柄な女性に笑ってみせた。

「もちろん、秘密はお守りいたしますよ」メイの静かな瞳がティファニーの顔をまっすぐとらえる。けれど、彼女はそれ以上何も尋ねることなく、衝立で仕切られた奥のテーブルに案内してくれた。

ティファニーにとって意外だったのは、年配の夫妻といるとき、ラフィークの顔が楽しげに輝くことだ。いつもの、あの無表情な人とは別人に見える。

しかも彼は料理を注文する必要すらなかった。タエゾウはまぐろとサーモンの刺身の皿を運ぶと、ティファニーにだけメニューを差しだした。

メイが携帯電話で、孫娘の最新の写真をラフィークに見せた。ラフィークは感嘆の声をあげ、ケイコという名の子供についていくつか尋ねた。どうやら家族全員と親しいらしい。ティファニーは一抹の寂しさを覚えた。赤ん坊の超音波画像を見たときでもこんなにうれしそうな顔はしなかったのに……。

本当に自分の子かとそればかり気にして。

「まぐろは毎日空輸されている」タエゾウがティファニーの照り焼きビーフを運んできたところで、ラフィークが言った。「僕はここではほかのものは食べない」

「わたしは絶対ビーフよ、生魚より」妊娠を強調したくなくて、軽い調子で返す。「うん、おいしい」

ティファニーはひと口頬ばって言った。

食事を続けながら、ティファニーはメイとラフィークの会話に心を集中させた。

「シャフィールとミーガンはどうなさっていますか？しばらくご一緒されていませんけど」

「ふたりは時間を見つけてはカッスル・アル・ウォードにこもっているよ」ラフィークが目をぐるりとまわして天井に向けた。「まさに愛の力だね」

彼がナカムラ夫妻に冗談を飛ばす姿を見て、ティファニーの胸に安堵《あんど》が広がった。

ラフィークは危険な人じゃない。怪物でもない。一人の男性なんだわ。忙しい、世界を股にかけた銀行家。砂漠の王子。愛する家族を持つ人。

ラフィークの言った言葉にタエゾウが突如高笑いした。目尻に皺《しわ》を寄せ、何かしら日本語で返す。メイが手にしていた白いリネンの布巾《ふきん》で夫の腕を叩《たた》いた。

ラフィークは黒檀《こくたん》のような瞳をうれしそうに輝かせて笑っていた。

「日本語が話せるのね」ティファニーがつぶやいた。

「ドイツ語も、それに少しならスペイン語もお話しになれますよ」メイの不思議そうな視線に、ティファニーは顔が赤らむのを感じた。自分の夫について こんな基本的なことも知らない妻がいるかしら。

環境の変化についていくだけで精いっぱいだった。妊娠、両親の問題、慌ただしい結婚、新郎のことを知ろうとする間もなかった。

彼が向かいでほほ笑んでいた。その思いやりのある目を見て、胸がどきりとした。「君はどんな言語を話せる、ティファニー?」

「英語とフランス語」

メイが彼に驚きの目を向けた。「ご存じないんですか! まあ、おふたりともいつもどんな話をなさっているの?」

「もっと大事なことをね」ラフィークの目がいたずらっぽく光り、タエゾウが笑い声を轟《とどろ》かせた。

ティファニーはさらに赤面した。ラフィークはわたしがフランス語を話せるのを知っている。かばってくれたのだ。ティファニーは彼にキスをしたい気分になった。

「それじゃあ、おふたりがお互いの大事なことをわかり合えるように、わたしたちは退散しましょう」メイが夫の腕を取り、先を促すように離れた。

ふたりがいなくなったところで、ティファニーは尋ねた。「どこで知り合ったの?」

「ビジネスを担保にローンを組みたいとうちの銀行に相談に来てね」彼の目が曇った。

その表情に、ティファニーは背筋が寒くなるのを感じた。話がそれだけで終わらないのを知り、次の言葉を待つ。

「メイはひどい興奮状態だった。警備がなだめなきゃならないほどにね。僕は騒ぎを聞きつけて、ようすを見に行ったんだ。ビル内の安全は最終的に僕に責任がある」

「彼女は何に興奮していたの?」

「孫娘に骨髄移植が必要になっていた。当時ダーハラには移植に対応する医療機関がなくてね。アメリカに行くしかなかったんだ。ふたりはケイコの治療費ですでに膨大な借金を抱えていた」

「あなたが手を貸してあげたのね」

「そうは言っていない」

言われなくてもわかる。ティファニーは彼を見つめた。「優しい人ね」

「僕だけじゃない――ほかのみんなも手を貸してくれた。それからだ。ケイコのような子供たちのためにと、病院の基金集めに関《かか》わるようになったのは」

ラフィークがティファニーの強い視線から目をそらした。「ランチが済んだら、買い物に行くよ」

「買い物?」突然関係のないことを切り出され、ティファニーは困惑した。「ケイコのために?」

「いや、結婚を正式発表する朝の記者会見と明日の夜のパーティに備えて。君の衣装が必要だ」

「記者会見?」両親の後をつけ回していたパパラッチのフラッシュライトを思いだし、恐怖に駆られた。「声明を出すだけじゃ、だめ?」

ラフィークが首を横に振った。「これは国民に対する僕の義務だ」

記者会見のことを考えると、どっと気持ちが沈んだ。ありがたいことに、ここ何年も写真は撮られていない。両親がハリウッドの報道陣の容赦ない目から守ってくれたから。それにオークランドで暮らしていた。大丈夫。マスコミは、シーク・ラフィーク・アル・ダーハラの妻、ティファニー・スミスを悪名高い映画監督テイラー・スミスの娘、ティファニー・スミスと関連づけたりしない。

でもラフィークには報道価値がある。

その写真が父の目に留まったりしたらどうなるか。またあれこれと口出ししてくるに決まっている。自分の生活能力にはすでに疑いは持っているけれど、それでも父には干渉してほしくない。

ティファニーは震える指を彼の指に重ねて、つぶやいた。「ラフィーク、マスコミがわたしの父の名を報道したらどうするの?」

彼が空いている手をさらにティファニーの手に重ねた。「お父さんとはいずれ和解する必要がある。聞いて——」彼は遮ろうとしたティファニーを止めた。「お父さんだけでなく、君の心のためにも」

ティファニーは反抗的に睨《にら》んだ。「わかったわ。でも今日誰かから尋ねられたらどうすればいい?」

ラフィークが軽く手を叩いた。「心配しなくていい。僕に任せて。君は妃《きさき》らしく見えることだけ考えるんだ。それじゃあ、買い物に行くよ」

服なんていらない。ティファニーはそう言いたい気持ちを堪《こら》えた。鞄《かばん》の中をさっと思い浮かべてみる。灰色のタイトなロングスカートと白いブラウスでは、メディアがシークの新妻に求めるだけの華やかさは出ない。シックな黒いパンツでは女性らしさに欠けるし、マキシドレスでは品がないだろう。それに彼の家族に会った日に着た白いドレスも、イブニングパーティにはやぼったすぎる。大好きな若手デザイナーの作品だけれど。ラフィークが挙式用に誂《あつら》えてくれた金の刺繍《ししゅう》が入ったロングドレスは、朝の記者会見には大げさすぎるし。

苛立《いらだ》たしいけれど、ラフィークが百パーセント正しいと認めるしかない。持参した衣類にふさわしいものはない。

「わかったわ。行きましょう」

控えめなブロンズ色の壁飾りが、ラフィークに案内された高級ブティックをマダム・フルーアの店と示していた。ロサンジェルスのロデオドライブにあってもおかしくない店構えだ。ガラス棚のついたぶな材とクロムの高級家具、黒い大理石の床タイル。

インテリアも洗練されている。棚に並べられた衣料品の黒と銀のラベルに値段は書かれていなかった。けれどそのカットラインと品質から、途方もない価格であろうことはティファニーにも察しがついた。

自分のためにラフィークにそんな大金を使わせるわけにはいかない。

「ラフィーク、わたし――」

「いいんだよ。マダムと僕に任せて」ラフィークは黒いベルベットのソファーから、ティファニーもようやく認めはじめたあの魅力的な笑みを、いわゆる〝フレンチファッション〟と呼ばれる黒いシャツに黒いひだスカートの上品な中年女性に投げかけた。

案の定、マダムは茫然《ぼうぜん》としながら急いで同意した。

ティファニーは口元を引きしめた。

「自分の着るものは自分で選べるから」彼から趣味もセンスもないと思われていることがティファニーは腹立たしかった。

サテンとシルクの棚に向かい、そこから金色とも蜂蜜《はちみつ》色とも琥珀《こはく》色とも区別がつかない、その三色を混ぜたようなドレスを手に取った。カッティングにためらう。とんでもない自信家でもない限り、とうてい着こなせそうにない。

「もっとフォーマルな感じがいい」ラフィークがソファーから立ち上がった。棚から木製のハンガーを手に取り、腰からレイヤードのひだがついた黒いサテンのドレスを持ち上げる。「これが完璧《かんぺき》だ」

「そちらの黒のドレス、美しくて上品でしょう?」マダムがちらりとラフィークの顔を見て、言った。

すごく高価ってことね。

マダムが売り込みにかかるくらいに。

ティファニーはうなり声をあげそうになるのを堪えた。誰もが彼の望み通りに動くの?

「わたしはこれがいいわ」ティファニーは一瞬のためらいも忘れ、手にしたドレスを指し示した。

「僕は——」ラフィークはそこで言葉を切った。黒いドレスをマダムの腕に戻し、ほほ笑みながらゆっくりと歩み寄る。そして肩に両手を置き、感嘆をたたえた瞳で目をのぞき込んだ。「君は何を着てもきれいだよ。だが僕は僕の知る美しさをみんなに見せてやりたいんだ——しかも君は黒がよく似合う」

「わかったわ。最初にそれを着てみる」ティファニーは思わずそう言いながらも、かろうじて付け加えた。「でもこっちも気に入っているの」

ラフィークが額に軽く唇を寄せた。「黒も着てみる気になってくれてありがとう」

ラフィークは自分の選択が正しいとわかっていた。ティファニーが選んだドレスは派手すぎる。黒がいい。黒がダーハラの王子の妃にはふさわしい。

カーテンが開いて、現れた彼女は予想通りだった。上品。神聖。ふさわしい。

「すばらしい」彼はマダムを振り返った。「これをもらおう」

ティファニーが反抗的な表情を浮かべた。「待って。わたし、黒はあまり着ないの」

ラフィークは歩み寄り、軽く頬をなでた。彼女にだけ聞こえる声でつぶやく。「僕たちが出会った夜も黒を着ていた」

彼女が肩をすくめた。「あれはレナーテのドレス。わたしのじゃない」ティファニーがくるりと背を向け、ラフィークの指は滑り落ちた。「次は違うほうを着てみるわね」

狭い試着室で、ティファニーは体を震わせた。不安からではなく、挫折《ざせつ》感……憤りから。ティファニーは両手で顔を覆った。どうしてこんなに弱気になるの？　なぜ自分の着るものは自分で選ぶと言えなかったの？　そんなに服が選びたければ、彼が自分で着ればいいのよ！

腹が立って、笑えてくる。

生まれてからずっと、誰かに人生を振りまわされてきた――選択も決定も自分ではできずに。父。教師たち。イモジェン。レナーテ。

もういや。

ティファニーは顔から手を離し、鏡に映る自分を新たな気持ちで見つめた。妊娠している。もうすぐ母親になる。今は自分だけでなく……娘の人生もかかっている。わたしがラフィークの選んだドレスを着るのを渋ったのは二分だけ。彼は自分の勝ちだと思っている。

勝ったも同然だと。

ティファニーはジッパーを下ろして、黒いドレスを脱ぎ、パッド付きの木製のハンガーにかけた。

試着室のドアが開き、マダムが騒動の元となったドレスを持って入ってきた。


「ありがとう」ティファニーは控えめな笑みでドレスを受け取った。ラフィークを真似《まね》た、とっておきの笑み。たとえ夫といえど、言いなりになるつもりはない。どれだけ裕福だろうと、シークだろうと、王子だろうと、この数カ月必死に守ってきた主体性や自尊心は奪い取らせない。そんなことをしたら、実家に戻って、父に、自分の負けを認めるのと同じ。妊娠して、お金もなく、自分の将来を誰かに委《ゆだ》ねるしかなくなって実家に戻るのと同じ。

これは単にドレスの、どれだけ斬新《ざんしん》な色合いかどうかの問題じゃない。

自分の、子供の、母娘《おやこ》ふたりの将来がかかっている。

ラフィークはわたしの趣味を信じていない。レナーテのひどいドレスのことを思うと、ある意味仕方のないことだけれど。

ドレスを頭からかぶりながら、ティファニーは自分の見当違いでないことを心底願った。このまま一生着るものを彼に選ばれたくない。他の女性たちみたいに魅力的な笑みや形ばかりの優しさで思い通りになる女ではないことを示さなければ。

背後でマダムがジッパーを上げた。息をのむのがわかる。

「なんてすてき」

ティファニーは振り返った。鏡に、さっきの黒ずくめとは別人が映っていた。若く溌剌《はつらつ》としていて、無防備さとわずかに土臭さを感じさせる女性が。

完璧だった。

まさにティファニーそのもの。

一瞬不安が包み込む。ラフィークはこんなわたしをどう見るだろう？　世界中の人たちは？　ためらった。そして腹が据わった。

ありのままの自分を恥じたりしない。

さらなる疑念がこみ上げる前にティファニーは試着室のドアを押し開けて、堂々と外に出た。

ひと目見たとたん、ラフィークを襲ったのは激しい所有欲だった。ティファニーは僕のものだ。僕だけのものだ。ほかの誰にも渡さない。普通の男だろうが誰であろうが。そして次に頭に浮かんだのは、これはまるで彼女のためにあるような色だということ。どこまでが肌でどこからがドレスなのか区別もつかない――この選択はまさに大当たりだ。

決して派手ではない微妙な色調が彼女の肌を蜂蜜色に見せ、髪にブロンズ色の陰影を与えている。

「どう？」彼女の瞳が訴えていた。

ラフィークは息をのんだ。

とてもじゃないが、正直に口には出せない。

そんなことは……正気ではない。

クールさを保って、彼は言った。「似合うよ」だが曲線をなぞる視線がすべてを台無しにした。じわりと汗が噴き出す。

「黒よりいい？」その声に、はっと目を上げた。

愚弄《ぐろう》しているのか。

女性に愚弄されるなど、許せない。

相手がたとえ妻であっても。

ラフィークは目を細めた。今度はじっくりと彼女を眺める。ようやく視線を顔に戻すと、彼女の唇が開いていた。息を殺して待っているのだろう。不本意ながら、体が硬くなりだす。

「ああ、黒よりいい」声がかすれている。ラフィークはそのまま目もそらさずに、マダムに言った。

「このドレスももらおう」

そしてゆっくりとティファニーにほほ笑んだ。これ以上服の話で時間を無駄にできない。一刻も早く帰宅して、妻の体からすべてを剥《は》ぎ取《と》りたいのに。

ラフィークは穏やかに言った。「それで、記者会見には何を着る？」

12

屋敷の玄関扉が背後で閉まった。

「こっちへ」

ティファニーがラフィークの低い声で振り返ると、熱いまなざしが待っていた。帰宅の車中、彼は無口だった。それでいて今はわたしを抱きたいと？

「待って――」

言い終わる前に、抱き寄せられていた。唇を寄せられると、抵抗したい思いとは裏腹に欲望が炎を噴き上げる。流され、気づくとひんやりした漆喰《しっくい》の壁に背中を押し当てられていた。ラフィークの硬く張りつめた体が重なり、手がやさしく肩をなぞり、髪の奥で焦《じ》らすように弧を描く。

彼のキスに思考が停止する。

驚いたことに、ティファニーは彼に押しつぶされながら奇妙な安らぎを覚えていた。彼が唇を離して情熱的な抱擁に突入する。昼間の玄関ロビー、扉の向こうには警備員、屋敷の中にはスタッフもいる。

その大胆さに頬が紅潮した。彼の熱い手から体を引き離し、ドレスの胸元を元に戻す。「ラフィーク、スタッフがいるのよ」

「屋敷のスタッフは電話で帰しておいた。玄関には鍵《かぎ》をかけたし、セキュリティシステムのスイッチも入っている」彼の目が満足げに光った。「誰も僕たちの邪魔はしない」

「計画的ってこと?」ティファニーが責めた。

「いや、自然反応だ。マダム・フルーアの店で君が見せたショーへのね」

あのドレスがこんな騒動まで引き起こすなんて! 非難の言葉を発する前に、彼がそっと人差し指を唇に当てた。「話はいいから、僕はキスがしたい」

誘惑に勝てず、ティファニーは押し当てられた指の腹をちらりとなめてみた。男性的な軽い塩味。もう一度なめてみる。今度はゆっくり、味わうように。

彼の口からかすれたうめき声が聞こえた。

欲望が一気に高まる。彼の唇が唇の上で焦らすように動きつづけると、ティファニーは軽く彼の唇を噛《か》んでみせた。「ちゃんとキスをして」

両手を彼の首にまわし、しっかりと引き寄せる。

次の瞬間、世界が回転していた。床が傾き、紺色の壁が視界を覆う。ティファニーは彼のシャツを握りしめた。「どこへ行くの?」

「もっと君と楽しめる場所へね」耳元を彼の唇がくすぐり、かすかな息づかいが甘いおののきをもたらした。「プールでセックスをしたことはある?」

「ないとわかっているくせに」興奮で体が震える。

「あなたは?」

「ない」

「それじゃあ、ふたりで確かめなきゃ」

ふたりはプールの隅に着いた。ラフィークはティファニーを寝椅子に下ろし、ネクタイを外した。続けてシャツとパンツも、モザイク模様のタイルに脱ぎ捨てる。たちまち目の前に裸の彼が立っていた。

ティファニーは息を弾ませながら、目の前の夫をほれぼれと眺めた。

がっしりとした肩から細い腰にかけての逆三角形、無駄のない引きしまった腹部。滑らかな肌に手を伸ばしたくて、指がうずく。

彼が目の前にひざまずき、薄いマキシドレスが覆う脚を恭しくなぞった。「なんて柔らかな肌だ」小さくささやく。「どんなに抱いても抱き足らない」

いいえ、いつかは飽きるわ——あなたはそういう人だもの。その日がまだ来ていないだけ。

でも今は、あなたはわたしのもの。

彼が太腿の内側にキスをしながら、ショーツのレースの端から指を入れた。息をのむ中、小さな布を引き下ろす。そして間髪入れずに再び指を戻すと、滑らかな動きでティファニーから喜びのあえぎを引きだし、やがては絶頂へと駆り立てた。

ティファニーは頭をのけぞらせ、固く目を閉じて彼のもたらす興奮に心を集中させた。喜びの渦が高く……きつく舞い上がる。

「もっと」ティファニーはもだえながら、彼に手を伸ばした。

彼自身から、その高ぶりが伝わってくる。

やがて彼が隣に横たわり、ティファニーを背後から包み込むように抱いた。引き寄せ、ためらい、やがて一気に中に入る。

ティファニーは息をのんだ。

彼が動きはじめた。最初はゆっくりと、やがてスピードを上げて。首筋に触れる口が肌を軽く噛み、ぞくぞくするようなおののきを走らせる。一瞬体がふわりと空中に浮き上がった。やがておののきと目《め》眩《まい》を感じながら喜びの世界へ舞い落ちる。

地上に着くと、ティファニーは彼に向き合い、両腕を首にまわした。目の奥をのぞき込んで、ささやく。「お願いだから、もう一度しようと言って」

それでも翌朝には、前夜の楽しい恋人の姿はどこにもなかった。

ラフィークはすっかりビジネスモードだった。ティファニーは肌の色に映えるアプリコット色のスーツを着た。最高に似合うのはわかっている。けれどラフィークはその姿にほとんど目を向けることもなかった。ただ説明を繰り返すだけ。彼という人を知らなければ、緊張していると思っただろう。「とにかく出会ったきっかけだけは話すな」車列が国王の住む宮殿の通りに入ったところで、彼は再度念を押した。「君のやっていたことを連想させるようなことは言わないこと。公には、僕たちは大学時代の共通の友人を介して出会ったことにするんだ」

リムジンのドアが開くと、ティファニーはカメラの弾《はじ》けるようなシャッター音に身構えた。そしてとびきり品のいい笑みを浮かべ、ラフィークの手を取って車を降りた。

記者会見は穏やかに始まった。

結婚を発表し、どよめきを起こす。ラフィークは次々と質問をさばき、ティファニーの写真を撮らせて記者たちを喜ばせた。やがて一人の記者がラフィークにティファニーへのキスを求めた。

胸がどきりとした。ラフィークを振り返る。彼が片方の腕を肩に、片方を腰にまわして、見つめてきた。

長い時間だった。やがてカメラのシャッター音もフラッシュも静まる。緊張の一瞬、無言の緊迫感。ティファニーは待った。顔を上げて、決して訪れないキスを。

彼がティファニーには理解できないアラビア語をつぶやき、唐突に腕を離した。

そしてティファニーの手を取り、そのまま会場をあとにした。慌てる側近たちを背後に残して。

手を握りしめたまま外へと向かうラフィークに、ティファニーは小走りでついていった。彼の顔を横目で見れば、今は何であれ尋ねるべきときでないことは伝わってくる。

いったいどうしたというの？

今朝のあの奇妙な瞬間が、ラフィークの頭を離れなかった。ティファニーの姿を見るたび、手に触れるたび、体を電流が貫く。

欲望だ。銀行の廊下でラフィークは思った。昨日のあのドレスが引き金となって……嵐《あらし》のような情熱がいまだ続いている。

メディアの前で彼女にキスをするつもりは端《はな》からなかった――保守的な父がそれをよしとするわけがない。それでもしてしまいそうだった……。

キスをしそうになった。

ショックだった。自分がそこまで来ていることが。自制心はどこへいった？　分別は？

カメラの前ですら、こみ上げた欲望に愕然《がくぜん》とさせられた。公の場で個人的な感情をあらわにしそうになったことなどこれまで一度もない。

鬱々《うつうつ》と考え事をしていたとき、肩を叩《たた》かれて振り返った。長兄が立っていた。

「新妻は一緒じゃないのか」ハーリドが言った。

「リリー叔母さんに任せてきた――今夜彼女をほかの女性たちに紹介してくれるそうだ」

「父上が彼女の身元調査を言いだした。彼女のことをあまりに知らなすぎると――急な結婚だったから心配になったんだろう」

「シャフィールもそうだったじゃないか」

「ああ、だが状況が違う。ミーガンを監視下に置くことは父上も承知していた。覚えているだろう?」

苛立《いらだ》ちを覚えずにはいられなかった。「だとしたら、少し遅すぎる。妻について、知るべきことは僕がすべて知っている。今朝世界中に結婚を発表した。父上はいったい何を望んでいるんだ?」

ハーリドが苦笑した。「おまえの幸せ、だよ。身元調査の件は、僕から忘れるように言っておこう。おまえが結婚したことを喜ぶべきだと――なによりそれが父上の望みだったんだから」

「次は兄さんだよ」ラフィークはユーモアを取り戻して、警告した。


リリー叔母さんからラフィークの新妻として女性たちに紹介され、ティファニーは彼女たちの好奇心を意識させられた。上品ながらも詮索《せんさく》好きな質問をかわし、慎重に当たり障りなく答えていく。

「そのドレス……マダム・フルーアのところで?」一人の女性が賞賛のまなざしで尋ねた。

ティファニーは控えめにほほ笑んだ。シルクのショールをゆるく肩にかけていたが、このドレスは実際に肌を露出させるのではなく、カットと色合いで大胆に見せている。「ええ」

「ラフィークの趣味じゃないわね」美しい一人の女性が言った。ラフィークが選んだドレスによく似た黒いストレートのロングドレスを身につけている。

「わたしはシェニラよ」

ティファニーは再度ほほ笑んだ。「はじめまして、シェニラ」周囲がしんと静まり返ったのに気づいて、続けた。「そのドレスもすてき」

シェニラは自分の腰元を手でなぞった。妙にしなやかな仕草だ。「ラフィークが選んでくれたの。わたしたちがまだ……付き合っていたときに」

そうだわ、新聞で見た女性よ。裕福な慈善事業家の娘だという。どうやらラフィークの元恋人らしい。

「まあ」

周囲にいた女性がふたり、慌ててその場を離れた。ティファニーはシェニラの隣の女性に話の矛先を向けた――ファルーク医師。ラフィークと一緒にDNA鑑定で訪ねた女性医師だ。ざっと見たが、彼女にラフィークの気配は感じられなかった。

ここはまるでライオンの群れね――それとも雌ライオンの檻《おり》かしら。

いずれにしても、楽しい映像ではない。

ウエイターが医師の耳元でなにやらつぶやいた。

ファルーク医師がティファニーに詫《わ》びるような表情を向けた。「ごめんなさい、呼び出しがかかってしまって――わたしはこれで失礼するわね」

シェニラとふたりで残され、ティファニーはどうすべきか迷った。

確かに好奇心も芽生えていた。目の前にいるのは、ラフィークが一度は愛して別れた女性。ただ美しいだけでなく、ラフィークが選んだのももっともだと思わせる気高さも備えている。もちろん父親の資産も彼と釣り合う理由の一つだ。自分との違いは一目《いちもく》瞭然《りょうぜん》だった。彼女の髪はきつくまとめられ、上がり気味の目は濃いアイラインに縁取られている。

「ラフィークは周囲の女性に飽きたのね」

ティファニーは口を開きかけたが、シェニラの瞳が濡《ぬ》れているのに気づいて思いとどまった。

「わたし、彼が結婚するのは自分だとばかり思っていたの。二年付き合ったのよ。プロポーズされる日を夢見て。でもホテル建設の件で香港《ホンコン》に発《た》つ直前、わたしと両親を夕食に招いて、わたしたちの関係は終わったと言ったわ」シェニラは下まつげの下を指先で拭《ぬぐ》った。「ごめんなさい。こんなことを話してもあなたを困らせるだけね」

同情と、もう一つ何だかわからない別の鋭く射るような感情がこみ上げた。ラフィークは自分の家族だけでなく、女性や女性の家族からのプレッシャーに耐えきれず、関係を終わらせてきたと言っていた。シェニラの話もそれを裏付けている。

「大丈夫」ティファニーは彼女の腕に触れた。「きっといい人が見つかるわ」

シェニラははなをすすり上げてうなずいた。「親切なのね。あなたも同じ目に遭わないといいけど」

ティファニーは彼女を慰めたかった。自分もずっと前に愛への不信感を植えつけられていたのだと告げたかった。けれど痛いほどの胸苦しさに押しとどめられた。ラフィークは父とは違う。

「唯一の慰めは、ラフィークは付き合っている間は誠実だってこと。いつもそうだったみたい。いずれ終わるのも同じだったけど」シェニラが泣きながら笑みを浮かべた。「でもあなたの場合は違うかもしれないわね。結婚するほど愛したんだから」

愛されたわけじゃない。ティファニーがそう口にする前に、ウエストに手が置かれた。

「シェニラ」夫の声には危険な響きがあった。

ティファニーは横目で彼を見た。元恋人を眺める目に鋭さが感じられる。

「今、お互いのドレスを褒め合っていたのよ」そこで彼女のドレスはラフィークの選んだものだと思いだし、慌てて続けた。「それとデザインの比較もね。彼女は黒が好きらしいの」

シェニラが感謝の視線を向けてきた。

ラフィークが抱き寄せる腕に力を込める。ティファニーはこの場を逃れたい衝動を堪《こら》えた。シェニラがどんなに辛《つら》い思いをしているか、彼にはわからないの？　そこまで鈍感？　いいえ、彼は鈍い人じゃない。わざとやっている。ティファニーに害を及ぼせば許さないと警告するために。

そんな彼を抱きしめていいのか、責めていいのかわからず、ティファニーはとにかくシェニラのプライドのために気づかないふりをして、隣でラフィークが緊迫して震えるのをよそに、最新の秋のファッションについておしゃべりを続けた。

内心で感情が入り乱れた。彼を揺さぶりたかった。キスをしたかった。わたしはどうしてしまったの？

ラフィークが首を傾《かし》げて、笑みを向けた。心臓が引っくり返る。だめよ、だめ。お願い、それだけは。ラフィークを愛するなんて、そんな愚かなことだけはしたくない。子供に両親を与えるために仕方なく結婚した人なのに。これまで避けつづけてきた罠《わな》にわたしが知らず知らずとらえてしまった人なのに。

そんな人が憤り以外の感情をわたしに抱く？

13

数日後、携帯電話の呼び出し音がティファニーの眠りを遮った。

寝返りを打ち、片手でサイドテーブルを手探りして呼び出し音を止める。

うめきながら上半身を起こした。最初に、ここ数週間毎朝ジェットコースターに乗っているようだった胃の具合が治まっていることに気づいた。そして、水音からラフィークはどうやらバスルームにいるらしいことも。まだ仕事には出かけていないらしい。

着信を確認して、今の電話が母の携帯からとわかった。リダイアルを押す。

ひょっとして何かあったの？

「ダーリン、あなたはどこにいるの？」母の声がやけにはっきりと聞こえた。

神経を集中させた。「どういう意味？」

「わたしたち、来ているのよ。ダーハラに」

「わたしたち？」

「あなたのお父さんとわたし」

突如胃が重くなり、強く目を閉じた。

「今、どこにいるの？」

「空港よ。あなたに会いに行くために、これからタクシーをつかまえるところ」

嘘《うそ》！

ガラス戸が開く音がした。ラフィークはいつ寝室に戻ってきてもおかしくない。わたしが母に会いたがっていたことを彼は知っている。父とも和解すべきだと言っていた。これは彼が仕組んだこと？

「ママ――」

「飛行機でもらった国内紙の一面にあなたたちの写真が載っていたの。でも言葉がわからなくてもうっ。

「どうしてパパも一緒なの？」

「ティファニー、あなたの結婚よ、話さないわけにいかないでしょう。パパはあなたを心配してね。だから一緒に様子を見に来ることにしたの」

というより、自分のアドバイスを聞かせたいだけでしょ。ティファニーはため息をついた。

「パパに話すって、教えてくれたらよかったのに」

自分で話すほうがまだましだった。

「彼、いい男ね」娘の言葉を聞き流して、母が言った。「あなた、何にも教えてくれないんだから」

〝いい男〟という響きに耳をそばだて、ティファニーはその微妙な非難を無視した。「ママ、どこかホテルを取って。二時間ほどで会いに行くわ。二日ほど一緒に過ごしましょう。砂漠に出かけてもいいし」

「でもわたしたちはあなたの――」

足音が聞こえ、ティファニーは急いで言った。

「もう切らないと――あとで電話する」

バスルームと寝室を区切るアーチにラフィークが立っていた。「誰にあとで電話するんだ？」黒っぽい眉を上げて、彼が尋ねた。

ティファニーはためらった。「母……」

彼がすばやくそばにやってきた。「問題でも？」

その目の不安げな表情に気まずくなる。

「そうじゃないの。実はね――」ティファニーは唇を噛《か》んだ。「来ているのよ、ダーハラに」

彼の表情が突如晴れた。「よかったじゃないか。お母さんにもこれで安心してもらえる」

ひと言尋ねずにはいられなかった。「ひょっとしてあなたが母をここへ呼んだの？」

「まさか！」彼の眉が跳ね上がった。「考えてみると、僕は彼女の連絡先も知らない」

彼ならその気にさえなれば、母を見つけることぐらい容易なはず。でも勘ぐったところで仕方がない。彼の言葉を信じるしか。

「ごめんなさい」ティファニーは再度唇を噛んだ。「父も一緒なの。母に理由を尋ねたら、父がわたしを心配しているからだと」

「父親なんてそういうものだよ。おふたりを夕食にご招待しよう」ラフィークがクローゼットに消え、パンツをはき、ビジネスシャツに袖《そで》を通しながら出てきた。「どうせならここに泊まっていただこう」

だめよ。「あなたはわかっていない。父はいつだって、わたしを思い通りにしようとしているの」

ラフィークがボタンを留める手を止め、あの表情豊かな眉を上げた。「君は既婚女性じゃないか」

「父にしてみれば、いつだって自分の人生も決められない幼い少女のままよ」

「君はもう大人だ。結婚もして、もうすぐ子供も生まれる。君自身が親になろうとしているんだ。君の人生にお父さんが口出しできるのは、君がそれを許したときだけだよ」

「たしかにそうね」ティファニーは目が覚める思いがした。自分が母親になることをそんなふうに考えたことはなかった。父との関係に関連づけては。

「お父さんとあえて距離を置く必要はない――いつだって彼は君のお父さんなんだから」

彼の言葉に心が晴れる気がした。自由を巡って父と対立し、絶縁してきた。でももうそんな必要はない。自分のことは自分で決めよう。そしてこれが自分の人生だと、自分の選択だと、でも父のことはずっと愛していると父にきっぱり告げよう。

諍《いさか》いがなければ、敵意も生まれない。父も父の選択をした。母よりもイモジェンを選んだ。わたしもそれを受け入れなければ。母はすでに現実と折り合おうと踏みだした。わたしもそうしないと。

そうしたら父娘《おやこ》の関係も救われるかも。

「ありがとう、ラフィーク」ティファニーは顔を上げ、キスを受け入れた。

「もう行くよ。このままだと君に誘惑されて一日中ベッドにこもるはめになりそうだ」

「でもラフィーク――」

「あとで」彼が黒っぽい上着を手に取り、肩にかけた。寝室のドアに向かいながら、やさしくほほ笑みかける。「ご両親に、僕が屋敷にお迎えするのを楽しみにしていると伝えてくれ」

ティファニーが彼を心から愛していると自覚した瞬間だった。

数時間後、ラフィークは急ぎ足で父の宮殿の大広間に向かった。両開き扉は開かれていた。ラフィークは歩を緩めることなく中に入った。

「会いたい相手というのは――」

国王は独りではなかった。ラフィークは茶色い革張りのアームチェアーに腰かけ、父王と向かい合っている男に気づいて立ち止まった。

サー・ジュリアン・カーリングが立ち上がって手を差しだしてきた。ラフィークはその手を取ると、国王に向かって片方の眉を上げてみせた。

「どういうことです？」

父王は見たことがないほど疲れた顔をしていた。

「息子よ――」王が言葉を切った。

ラフィークは悪い予感がした。目を細め、ホテル王を睨《にら》みつける。彼がそそくさと視線を反らした。

「わたしはおまえが結婚した相手のことを案じておった」

「この話はすでに終わったはずです」

「軽率だった――直感に従って調べるべきだった」

「父上――」

王が片手を上げた。「待て。まずはサー・ジュリアンが話したことを聞きなさい。恥ずべき話だ」

耳の中で血がうなり、ラフィークは部屋の奥へと歩を進めた。「サー・ジュリアンが僕の妻をどう言うかなど興味ありません」

王は悲しげに首を振った。「彼女は近いうちにおまえの妻ではなくなる――離婚しか選択肢はない」

ラフィークはくるりと振り返った。怒りの目に気づいたのだろう、サー・ジュリアンは椅子を引っくり返しそうになりながら慌てて立ち上がった。

「いいですか、ラフィーク――」

「ラフィーク！」王の言葉がぴしりと鞭打《むちう》った。

ラフィークは深く震える息を吸い込んだ。

「よいか、サー・ジュリアンの話を聞くのだ」

「話の内容はわかっています」

王は愕然《がくぜん》とした顔をした。「おまえは彼女が売春婦と知っていたのか？」

「嘘《うそ》に決まっているでしょう！」

このとき、ジュリアンが五歩あとずさった。

今度は王が、サー・ジュリアンに不穏な目を向けた。「確信があるのであろう?」

「彼は騙《だま》されているんです」サー・ジュリアンは興奮した口調で言った。「香港《ホンコン》の売春クラブで出会ったんですから」

「だからどうしろと?」ラフィークはホテル王に迫りながら、尋ねた。

「国王は、うちの娘ならあなたの妻に完璧《かんぺき》だと言ってくださった。だがエリザベスは妻のいる男性に嫁ぐことに同意しない。だからあなたには婚姻を無効にしていただくしかないんです、詐称を理由に」

これまでの怒りなど無に等しいほど、激しい怒りが煮えたぎった。

「あなたの娘は求めていない――妻ならすでにいる。それに婚姻を無効にするほどの詐称もなかった」

「女に騙されているんですよ」

ラフィークは首を横に振った。「それはない」

「ですがエリザベスはあなたに会うためにもうダーハラに向かってきているんですよ」

「彼女にとっても――僕にとっても時間の無駄だ。それにその件と妻とは何の関係もない」

「わたしが招いたのだ――」王が割って入った。

「サー・ジュリアンと相談のうえで」

その口調には覚えがあった。「どんな条件で?」

父は罪悪感に満ちた表情を浮かべた。「これまでもずっとよき王子であったではないか――」

「よしてください!」今度ばかりは、義務感を前面に出されても無駄だ。ラフィークは首を横に振った。

「おまえの妻は慎重に選ばなくては――」

「わかっています――だからそうしました」

「やれやれ。問題は性的なことか」

ラフィークは父を見つめた。「性的に問題はありません――父上のおっしゃる意味では。妻はマタ・

ハリでもなければ、サー・ジュリアンが主張するモラルの低い女でもない」それどころか逆だ。「ただし、僕が手を触れずにいられないのは認めます」

そう認めると、何かが弾《はじ》けた。ティファニーは大切な存在になっている。これまで付き合ったどんな女性よりも。手放せない。何があろうと絶対に。

「だから不安なのだ。おまえはあの女に骨抜きにされている。取り返しのつかないスキャンダルになる前に、彼女とは離縁してもらいたい」

「なぜです？ エリザベス・カーリングと結婚できるようにですか？」

セリム王の目が泳いだ。「サー・ジュリアンは多額の婚姻継承財産設定を申し出て――」

「いいえ！ 僕はティファニーとは別れません。別の妻を娶《めと》るつもりもない。そもそも初めてベッドを共にしたとき、彼女は処女でした」

父が浮かべた驚きの表情に、ラフィークは両脇《りょうわき》でぐっと拳《こぶし》を握りしめた。

「これは妻と僕にとって神聖なことです。こんな浅ましい状況でさらしたくはなかった」

「しかしな、もしわたしや兄たちに何かあれば、おまえが王位に就くのだぞ」

圧力。父は奥の手を出そうとしている。「だからこそ、誠実が何たるかも知らない父親を持つ女性とは結婚できないんじゃありませんか」ラフィークはサー・ジュリアンに目も向けなかった。「あの夜香港で場末の売春婦と寝たのは僕じゃない」

サー・ジュリアンの顔が真っ赤になった。「よくもそんなことが――」

「言えるとも」ラフィークが遮った。「僕は父親にならって数えきれない男と寝たかもしれない女性を妻に迎える気はない」頭の中で脈が響いた。「僕の相続人は僕の子供だけでいい」

言葉に出してはっとした。ティファニーはだから父親の悪名高き情事が僕の家族に与える衝撃をあれほどまでに案じたのか。僕は何もわかっていなかった。さらに皮肉なのは、ティファニーが妊娠し、僕が自分が父親であることに疑問を持っていたこと。それなのに今、僕は彼女の肩を持っている。

なぜなら、内心では彼女に偽りはないとわかっているから。彼女はすべてが純粋だ。

お腹《なか》の子は間違いなく僕の子だ。その事実を確認するためのＤＮＡ鑑定すらもはや必要ない。

「妻は妊娠しています」

唖然《あぜん》とした沈黙が続いた。父の顔に喜びが灯《とも》る。

「妊娠？　わたしの初孫か！　ああ、おまえの母親にも聞かせてやりたかった」喜びが陰り、セリム王はそっとサー・ジュリアンの顔をうかがった。

その表情で父の恐れていることがわかった。ふたりはエリザベス・カーリングとの結婚話をとっくに進めていたのだろう。そしてエリザベスが第二夫人の座に異議さえ唱えなければ、ふたりとも間違いなく彼女にそうさせる気でいる。

だが妻は一人でいい。そして僕はティファニーを選んだ。

心のどこかでとっくに彼女を信じる決断を下していた。疑う理由もない。ここでサー・ジュリアンと争っても仕方ない。大事なのは妻だ――彼女と、お腹の中の子供が今では僕の家族なのだから。

14

ティファニーはラフィークの帰宅を待った。

オフィスに電話を入れ、両親の到着はすでに伝えてある。彼は自分に、まず父親との仲直りを望んでいるのは間違いない。

でもこうして砂漠を臨むバルコニーに座っていても、父は少しも気を安らげてはくれなかった。

「ティファニー、おまえさえ家を離れなければ、こんなことにはならなかったんだぞ」

ティファニーは目をぐるりとまわしたい衝動を堪《こら》え、出ていったのは父のほうだと指摘した。

「テイラー、ティファニーのお腹《なか》には赤ちゃんがいるのよ」割り込む母の目の緊張感が、ティファニーの顔をしかめさせた。

父の信じがたいという表情に彼女は言った。「本当よ」

「これがおまえの望みか？」父が首を横に振った。「こんな砂漠の果てに縛りつけられることが。言葉も話せない場所に、よく知りもしない男と」

「砂漠はきれいだわ。この夕日の色を見て。言葉なら覚えられる――それにラフィークのことは知っているわ。ちゃんとした人よ」

「ちゃんとした？　それはどういう意味だ？」

怒りが火花を散らした。ティファニーの脳裏に、〈ルクラブ〉で、サー・ジュリアンがレナーテを膝に抱き寄せたときにラフィークが浮かべた嫌悪感がよみがえる。シェニラも、彼は一度に一人の女性としかデートしないと言っていた。「わたしを裏切って、ほかの女性と浮気したりしないってこと」

父の顔色が変わった。

「ねえ見て、テイラー、おもしろいんじゃない?」

取りなそうとする母の試みに父が気をそらし、ふたりして屋内に消えたところで、ティファニーはふっと息をついた。どうして父といがみ合ってしまうのだろう? 父がわたしの人生に口出しできるのは、わたしがそれを許すときだけ。ラフィークはそう言わなかった? はっきりさせるときなのかも。

ラフィークがそばにいてくれれば。ティファニーはそんな思いに駆られていた。彼はわたしをわかってくれている――ほかの誰よりも。

感謝の思いが打ち寄せる。こんなにも完璧《かんぺき》な男性と知り合えるなんて、なんて幸運なのだろう。わたしは理想の妻にはほど遠いのに。罪悪感が蝕《むしば》む。ほかに選択肢があれば、彼は結婚をしなかったはず。

彼を追い込んだことに罪悪感があった。いつか彼から責められる日が来るのではないかと。

「ともあれ、おまえの夫は悪くない環境は作れるようだ。なかなかのものだった」ガラスケースに飾られた写本を眺めていた父が戻ってきて言った。「しかしおまえをこの男の元に残しておけるかどうか、まだこの目で確かめる必要がある」

ティファニーはあえて何も言わなかった。ラフィークのおかげで父へのぎすぎすした感情から救われたことも。彼を愛していることも。一生そばにいたいことも。夫に過干渉な親は必要ないことも。

ラフィークは声に導かれるようにして、バルコニーにいる妻たちの元へと向かった。夕暮れのこの場所が気に入っていた。熱気が静まり、砂漠が生き生きとしだす。ラフィークは戸口で立ち止まり、ティファニーの姿に見とれた。

彼女は家族の真ん中に腰かけていた。リンダとおぼしき、白髪交じりの穏やかな顔をした女性が隣に座り、神経質そうな雰囲気の痩《や》せ形《がた》で顎ひげの男性が会話を牛耳っていた。

ラフィークが足を進めると、三人が顔を上げた。ティファニーの顔に陰がよぎり、跳び上がるように立ち上がった。「おかえりなさい、ラフィーク」

出迎えのキスにどこかしら必死さが感じられた。

「どうかした？」ラフィークは尋ねた。

彼女が首を横に振って、体を離した。

落ち着かない気分で、待つ。

ティファニーは笑顔で両親を紹介したが、全身から強《こわ》ばりが伝わってきた。ラフィークは眉をひそめ、彼女を悩ませているものを推測した。最初は両親が原因かとも思った。だがその気配はない。父親は見るからに自分のことしか考えない人物だが、その分リンダが精いっぱい場をなごませている。

ティファニーが視線をとらえた。「話があるの、ラフィーク」

真剣な表情が不安をかき立てる。

他の面々に断りを入れると、ラフィークは彼女と階段を下り、椰子《やし》の木が立ち並ぶ散歩道を抜けて砂漠との境界線に出た。「何があった？　どこか痛むのか？　赤ん坊のことか？」

おのれの無力さを感じるのは初めてだった。

ティファニーは首を振った。「そうじゃない」

それでも指を組んではほぐすのを繰り返している。

ラフィークは落ち着かなかった。「それじゃあ何なんだ？　何が問題なんだ？」

「わたし、あなたをこの結婚に追い込んだわ」

心臓が止まりそうになった。「え？」

「わたしが妊娠しなかったら、あなたは結婚しなかった。ほかの女性たちと同じよ。今回は子供がいて、あなたも逃れられなかっただけ。いつかきっとわたしを恨むようになるわ。たとえ子供がいても」

暗い空気が彼女を取り巻いていた。

「単なる子供じゃない。僕の娘、そうだろう？」

ティファニーはとまどいを見せた。「〝僕の娘〟って、本気で言っている？　信じたの？　それともわたしの気持ちを考えて言ってくれているだけ？」

「もちろん本気だ」

「でも、追い込まれたことは？」

「追い込まれていない」

ティファニーは首を振った。「それでも――」

「それでも、何だい？」

「いつかあなたから恨まれる気がする」

「ティファニー。僕はいつでも君と結婚したよ」

「子供に両親を与えるためでしょう。義務感から」

「君を求めているからだ。君から離れたくないから」ラフィークは彼女に歩み寄り、腕を体にまわして肩に顎をのせた。「君の父親がどんな人だろうと、僕は君を求めている。君の父親であろうが、僕の父親であろうが、僕の気持ちを止めることはできない」

沈黙から、彼女が精神的な安定を求めているのがわかった。

そこで続けた。「後ろを見てごらん。お父さんがお母さんの手を取っているのが見えるから。お父さんの行動はお母さんの問題だよ。離婚を決意しない限りはね」

「母は父とよりを戻すかしら？　あんなに浮気性なのに……父が大人にならないと無理だわ」

「そうだね」ラフィークが髪をなでた。「だが僕とお父さんを混同するのはよしてくれ」

「ええ、しない」ティファニーは言った。「あなたは父とは違うもの。でももし母は父とよりを戻したら、今以上の心痛に襲われるわね」

「お父さんは内心はお母さんを求めているんじゃないかな。それでも彼の行動は君の責任じゃない」

ティファニーはほほ笑まなかった。「だからわたしの父のことで、あなたがわたしの評価を下げることはないと?」

ラフィークは首を横に振った。「それに君のお父さんのことで、君の評価が上がることもない」そこでふっと笑いがこみ上げた。「しかし、僕って男も勝手なことを言うものだな」

「どういう意味?」

「今日ジュリアンに、彼の娘と結婚するつもりはないと宣言してきた。父親と同じように誰とでも見境なくベッドを共にしている可能性があるからと」

ティファニーが腕を逃れて、向き合った。陰りだした日の光がまつげの先を金色に染める。「ジュリアン? サー・ジュリアン・カーリングのこと?」

ラフィークはうなずいた。

「でも結婚できるはずないじゃない。あなたはわたしと結婚しているのに」

「よく気づいたね」気取った調子で言った。

「気づくに決まっているでしょう!」

「よかった」

ラフィークは身を乗りだしてキスをした。彼女の両親に見られている可能性も気にかけず、時間をかけてじっくりと。

キスが終わると、ティファニーは執拗《しつよう》に元の話題に戻った。「どうしてサー・ジュリアンは、彼の娘との結婚をあなたに持ちかけたりしたの?」

「僕に持ちかけたわけじゃない。僕の父にね」腰に手を当てて、自分を睨《にら》みつけてくるティファニーに、ラフィークは声をあげて笑った。「君と離婚させて、エリザベス・カーリングと結婚させることで合意していたらしい」

「離婚?」ティファニーの虚勢が空気の抜けた風船のように消えた。唖然《あぜん》とし、やがて愕然《がくぜん》とする。

「心配することはない。離婚する気はないと断言してきた。君が僕の子を身ごもっていることも。そう、僕は信じている。最初の夜、君が処女だったことも含めてね」そしてこの女性に飽きる日が来ないことも。彼女は永遠だ。「さてと、今度は僕が懺悔《ざんげ》する番だ」

「何を？」

ラフィークは一枚の紙を渡した。「鑑定結果が出たあとも、結婚生活を続ける気はなかった」

「子供が自分の子でなかったら、逃げ出すつもりだったってこと？」

ラフィークはうなずいた。「たとえ僕の子でも、子供を引き取って、君とは別れるつもりだった」

「ひどい！」

「わかっている」ラフィークがさっき手渡した紙を示した。「その契約書で、僕がもうそんな行動には出ないと安心できるはずだ。あとは君が署名するだけになっている」

ティファニーは書類を見つめ、腕を大きく広げて抱きついてきた。「わたし、前にわたしが求めていたのは普通の人だと言ったわよね」

「そんな男はなかなか見つからない」

「そういうことじゃないの」ティファニーは巻きつけた腕をほどいて、首を横に振った。「わたしが本当に求めていたのはそんな人じゃなかった。特別な人よ。あなたみたいな人。普通の人があなたみたいに自分の行為を打ち明けたりしない。書面で安心させてくれたりしない。あなたを愛しているわ。わたしにはなかなか言えない言葉なのよ。一生誰も愛せないんじゃないかと思いはじめていたくらいだから。でもすごく特別なあなたを、わたしは愛している」

その言葉に心臓が止まりそうになった。「僕も愛しているよ。君は誰より大切な人だ。君が僕の世界を満たしてくれている」ラフィークは小声でささやき、彼女を腕に抱き戻した。「僕には君だけだ。永遠に、君だけだ」

ハーレクイン®

シークに愛された一夜

2011年10月20日発行

著　　者　テッサ・ラドリー
訳　　者　杉本ユミ（すぎもと　ゆみ）

発 行 人　立山昭彦
発 行 所　株式会社ハーレクイン
東京都千代田区外神田 3-16-8
電話 03-5295-8091（営業）
03-5309-8260（読者サービス係）

印刷・製本　大日本印刷株式会社
東京都新宿区市谷加賀町 1-1-1

ISBN978-4-596-51480-6 C0297

10月20日の新刊　好評発売中！

愛の激しさを知る　ハーレクイン・ロマンス

落札された口づけ	アビー・グリーン／結城玲子 訳	R-2664
ヴェネチアの憂鬱	ケイト・ヒューイット／小林ルミ子 訳	R-2665
情熱を戒めて	キャロル・モーティマー／藤村華奈美 訳	R-2666
砂漠の後見人	スーザン・スティーヴンス／柿原日出子 訳	R-2667
脅された愛人	キャシー・ウィリアムズ／馬場あきこ 訳	R-2668

ピュアな思いに満たされる　ハーレクイン・イマージュ

偽りの面影	エイミー・アンドルーズ／東　みなみ 訳	I-2198
突然の逃避行（夢の国アンブリアⅠ）	レイ・モーガン／山口西夏 訳	I-2199
復讐は愛のはじまり	ジェシカ・スティール／松村和紀子 訳	I-2200

この情熱は止められない！　ハーレクイン・ディザイア

シークに愛された一夜	テッサ・ラドリー／杉本ユミ 訳	D-1480
忘れるための７日間（理想の恋のお値段は？Ⅱ）	エミリー・ローズ／西山ゆう 訳	D-1481
情熱のハロウィーン	レスリー・ケリー／澤木香奈 訳	D-1482

ニューヨーク編集部発ラブストーリーの決定版　ハーレクイン・ラブ

灼熱の二人	レベッカ・ヨーク／西江璃子 訳	HL-15
私の知らないあなた	ローリー・フォスター／高山　恵 訳	HL-16

もっと読みたい“ハーレクイン”　ハーレクイン・セレクト

ボスからのプロポーズ	ミシェル・セルマー／八坂よしみ 訳	K-22
週末を待って	ジェイン・アン・クレンツ／里見蓉子 訳	K-23
暗闇の妖精	ミシェル・リード／松村和紀子 訳	K-24

◆◆◆◆◆ ハーレクイン社公式ウェブサイト ◆◆◆◆◆

PCから → http://www.harlequin.co.jp/

ハーレクイン・シリーズ（新書判）、ハーレクイン文庫、MIRA文庫などの小説、コミックの情報が一度に閲覧できます。

携帯電話から ◆小説 → http://hqmb.jp

◆コミック → http://hqcomic.jp 携帯電話のURL入力欄に入力してください。